HEYNE〈

Das Buch

Das Ehepaar Krank verbringt Weihnachten zum ersten Mal seit über zwanzig Jahren allein, denn Tochter Blair ist für ein Jahr in den peruanischen Dschungel aufgebrochen. Nun hat Vater Luther, von Beruf Buchhalter, entdeckt, dass die Familie für Weihnachten - Geschenke, Feiern, Essen, Spenden, das neue Kleid von Mutter Nora und jede Menge Weihnachtskarten - im letzten Jahr über 6000 Dollar ausgegeben hat. Kurz entschlossen verkündet er, Weihnachten falle dieses Jahr aus; er habe stattdessen eine Kreuzfahrt in die Karibik gebucht, die nur 3000 Dollar koste.
Nun sind die Kranks ein typisches amerikanisches Mittelklasse-Ehepaar mit einem typisch amerikanischen Einfamilienhaus in einer typisch amerikanischen Kleinstadtstraße. Der Entschluss, sich an den Weihnachtsfeierlichkeiten nicht zu beteiligen, ist keineswegs unbedeutsam: Über Wochen hinweg müssen Nora und Luther nonstop jedem erklären, warum sie Weihnachten dieses Jahr nicht feiern. Sie gelten bald als Spielverderber und Geizkrägen und werden gesellschaftlich geächtet. Bis zum Morgen des 24. Dezember halten Nora und Luther durch, doch dann wirft ein Anruf aus der Ferne alle Pläne über den Haufen.

Zum Autor

John Grisham wurde 1955 in Arkansas geboren. In den achtziger Jahren war er als Anwalt tätig und saß auch als Abgeordneter im Repräsentantenhaus von Mississippi. Sein erster Gerichtsthriller *Die Jury* erschien 1988 in einem kleinen Verlag; mit dem zweiten Buch *Die Firma* gelang ihm dann der internationale Durchbruch. John Grisham lebt mit seiner Familie in Virginia und Mississippi. Alle seine Romane sind bei Heyne erschienen, zuletzt: *Die Liste* und *Die Begnadigung*.

John Grisham

Das Fest

Roman

Aus dem Amerikanischen
von Michélle Pyka

WILHELM HEYNE VERLAG
MÜNCHEN

Titel der Originalausgabe
Skipping Christmas

Verlagsgruppe Random House FSC-DEU-0100
Das FSC-zertifizierte Papier *München Super* für
Taschenbücher aus dem Heyne Verlag liefert
Mochenwangen Papier

Redaktion: lüra–Klemt & Mues GbR

Copyright © 2001 by Belfry Holdings, Inc.
Copyright © der deutschsprachigen Ausgabe 2002 und
copyright © dieser Ausgabe 2005 by Wilhelm Heyne Verlag,
München, in der Verlagsgruppe Random House GmbH
Printed in Germany 2005
Umschlaggestaltung: Hauptmann & Kompanie Werbeagentur,
München – Zürich
Druck und Bindung: GGP Media GmbH, Pößneck
ISBN-10: 3-453-72091-1
ISBN-13: 978-3-453-72091-6

www.heyne.de

Eins

Der Flugsteig war überfüllt mit müden, entnervten Reisenden. Die meisten lehnten an den Wänden, da die magere Anzahl von Plastikstühlen schon lange besetzt war. Obwohl jede der hier startenden und landenden Maschinen mindestens achtzig Passagiere beförderte, gab es im Wartebereich lediglich Sitzgelegenheiten für ein paar Dutzend.

Ungefähr tausend Menschen schienen den 19-Uhr-Flug nach Miami gebucht zu haben. Alle waren dick eingemummelt, schwer beladen und hatten sich gerade noch durch den Stadtverkehr, die Eincheckschalter und die Massen in der Abflughalle gekämpft. Nun strahlten sie kollektiv eine gedrückte Stimmung aus. Es war der Sonntag nach Thanksgiving, also einer jener Tage im Jahr, an denen es auf den Flughäfen besonders hektisch zuging. Und während die

Das Fest

Menschen rempelnd und schubsend weiter auf den Flugsteig vordrangen, fragten sich viele von ihnen nicht zum ersten Mal, warum sie sich ausgerechnet diesen Tag für ihre Reise ausgesucht hatten.

Einige lächelten mit verkrampfter Miene. Andere versuchten zu lesen, was jedoch in all dem Gedrängel und Lärm so gut wie unmöglich war. Wieder andere starrten teilnahmslos zu Boden. In der Nähe läutete ein spindeldürrer schwarzer Weihnachtsmann penetrant seine Glocke und leierte monoton immer wieder »Fröhliche Weihnachten« herunter. Eine dreiköpfige Familie näherte sich, blieb jedoch beim Anblick der Menschenmassen am Eingang des Flugsteigs stehen. Die Tochter war jung und hübsch. Sie hieß Blair, und es war offenkundig, dass sie auf eine Reise gehen würde. Im Gegensatz zu ihren Eltern. Die drei betrachteten die Menschenmenge und fragten sich dann ebenfalls im Stillen, warum es unbedingt dieser Tag hatte sein müssen.

Die Abschiedstränen waren bereits geweint – wenigstens zum größten Teil. Blair war dreiundzwanzig, frisch gebackene Jungakademikerin mit einem ansehnlichen Diplom in der Tasche, aber noch nicht willens, sofort eine berufliche Laufbahn einzuschlagen. Eine ihrer Freundinnen befand sich gerade mit dem Friedenskorps in Afrika, was Blair dazu bewogen hatte, die nächsten zwei Jahre ihres Lebens ebenfalls in den Dienst der Nächstenliebe zu stellen. Ihre Aufgabe würde darin bestehen, den Kindern von Eingeborenen in Ostperu das Lesen beizubringen. Sie würde dort in einer Hütte ohne sanitäre Anlagen, ohne Strom und ohne Telefon wohnen. Blair konnte dies alles kaum erwarten.

Sie würde zuerst nach Miami fliegen und von dort aus nach Lima. Anschließend musste sie noch drei Tage lang mit dem Bus

Eins

fahren, in die Berge, in ein vergangenes Jahrhundert. Zum ersten Mal in ihrem jungen, behüteten Leben würde Blair Weihnachten nicht zu Hause verbringen. Ihre Mutter klammerte sich fest an ihre Hand und bemühte sich um Fassung.

Sie hatten sich bereits mehrfach verabschiedet. Die Frage: »Bist du sicher, dass du das auch wirklich willst?« war zum hundertsten Mal gestellt worden.

Blairs Vater Luther betrachtete die Menschenhorden mit finsterem Blick. Was für ein Wahnsinn! Er hatte Frau und Tochter vor dem Eingang des Flughafens aussteigen lassen und den Wagen dann meilenweit entfernt auf einem Park-and-ride-Platz abgestellt. Dann war er in einem überfüllten Shuttlebus zurück zur Abflughalle gefahren und hatte sich zu diesem Flugsteig durchgeboxt. Er war traurig darüber, dass Blair fortging, und verabscheute all diese herumwimmelnden Leute. Luther hatte ausgesprochen miese Laune. Aber es sollte noch schlimmer kommen.

Einige gehetzt wirkende Mitglieder des Bodenpersonals erschienen, worauf die Passagiere sich langsam wieder in Bewegung setzten. Der erste Aufruf erklang. Behinderte, Gebrechliche und die Reisenden der ersten Klasse wurden gebeten, sich bereitzuhalten. Die Drängelei erreichte die nächsthöhere Stufe.

»Wir gehen jetzt wohl besser«, sagte Luther zu seiner Tochter, seinem einzigen Kind.

Sie umarmten sich noch einmal und unterdrückten die Tränen. Blair bemerkte lächelnd: »Das Jahr vergeht bestimmt wie im Flug. Und nächstes Weihnachten komme ich nach Hause.«

Nora, ihre Mutter, biss sich auf die Lippen, nickte und gab ihr einen Kuss. »Bitte sei vorsichtig«, sagte sie zum dutzendsten Mal.

Das Fest

»Macht euch keine Sorgen.«

Luther und Nora gaben ihre Tochter frei und sahen ihr nach. Sie reihte sich in die Warteschlange ein und entfernte sich Zentimeter für Zentimeter, fort von ihnen, fort von ihrem Heim und der Geborgenheit und allem, was sie bisher gekannt hatte. Als ihre Bordkarte überprüft wurde, drehte sie sich noch einmal um und lächelte ihren Eltern zum letzten Mal zu.

»Das war es dann wohl«, sagte Luther. »Und jetzt genug geheult. Ihr wird schon nichts geschehen.«

Schweigend beobachtete Nora, wie ihre Tochter verschwand. Dann wandten sich die beiden ab und schlossen sich der Menschenmenge an, die sich in Richtung Ausgang wälzte, vorbei an dem Weihnachtsmann mit der penetranten Glocke und den kleinen Läden, in denen sich die Leute gegenseitig auf den Füßen standen.

Nora und Luther verließen den Flughafen und gingen zur Haltestelle des Shuttlebusses. Es begann zu regnen. Der Bus kroch über das Flughafengelände und spuckte sie zweihundert Meter von ihrem Wagen entfernt wieder aus. Mittlerweile goss es in Strömen. Es kostete Luther sieben Dollar, sich und sein Auto aus dem geldgierigen Klammergriff des Parkplatzwächters zu befreien.

Während der Fahrt in die Stadt löste sich Nora schließlich wieder aus ihrer Erstarrung. »Ob wohl alles gut geht?«, fragte sie. Luther hatte diese Frage bereits so oft gehört, dass er ganz automatisch brummte: »Klar.«

»Glaubst du wirklich?«

»Klar.« Was machte es in diesem Moment schon aus, ob er das tatsächlich glaubte oder nicht? Blair war fort, sie beide konnten sie nicht aufhalten.

Eins

Luther krampfte die Hände um das Lenkrad und verfluchte im Stillen den Verkehr, der immer zähflüssiger wurde. Er wollte gar nicht wissen, ob seine Frau weinte. Er wollte einfach nur nach Hause, etwas Trockenes anziehen, sich vor den Kamin setzen und die Zeitung lesen.

Als es nur noch drei Kilometer bis zu ihrem Haus waren, verkündete Nora: »Ich brauche noch ein paar Sachen aus dem Supermarkt.«

»Es regnet«, erwiderte Luther.

»Ich brauche sie trotzdem.«

»Kann das nicht warten?«

»Du kannst ja im Auto bleiben. Es dauert nur eine Minute. Fahr zu Chip's. Die haben noch geöffnet.«

Also machte Luther sich auf den Weg zu Chip's, einem Laden, den er nicht nur wegen seiner unverschämten Preise und hochnäsigen Angestellten hasste, sondern auch wegen seiner unmöglichen Lage. Natürlich schüttete es immer noch wie aus Eimern. Und natürlich suchte sich Nora keinen Supermarkt wie Kroger aus, wo man problemlos parken und eben kurz hineinspringen konnte. Nein, sie wollte unbedingt zu Chip's, wo man parkte und dann erst einmal auf Wanderschaft gehen musste.

Manchmal klappte allerdings noch nicht einmal das. Der Parkplatz war voll. Selbst in den Feuerwehrzufahrten wimmelte es von Autos. Nachdem Luther zehn Minuten lang umsonst gesucht hatte, sagte Nora frustriert: »Lass mich einfach am Bordstein raus.«

Er bog auf den Parkplatz eines Schnellrestaurants und brummte: »Was genau brauchst du?«

»Ich kann selbst gehen«, sagte sie mit gespieltem Protest in

Das Fest

der Stimme. Dabei wussten beide ganz genau, dass es am Ende Luther sein würde, der durch den Regen marschierte.

»Was brauchst du?«

»Nur weiße Kuvertüre und ein Pfund Pistazien«, sagte sie erleichtert.

»Das ist alles?«

»Ja, aber nimm die Kuvertüre von Logan's, in der Ein-Pfund-Packung, und die Pistazien von Lance Brothers.«

»Und das kann nicht noch einen Tag warten?«

»Nein, Luther, das kann nicht warten. Ich muss den Nachtisch für das Essen morgen zubereiten. Wenn du nicht gehen willst, dann halt doch einfach den Mund und lass mich den Einkauf erledigen.«

Er knallte die Wagentür zu. Sein dritter Schritt führte ihn geradewegs in ein Schlagloch. Kaltes Wasser umspülte seinen rechten Knöchel und sickerte schnell bis in den Schuh hinein. Eine Sekunde lang blieb Luther wie angewurzelt stehen und sog scharf die Luft ein, dann ging er auf Zehenspitzen davon. Verzweifelt versuchte er, weitere Pfützen rechtzeitig zu erkennen und sich gleichzeitig durch den Verkehr zu schlängeln.

Chip's wurde ganz nach dem Motto »niedrige Pacht und hohe Preise« geführt. Der Laden befand sich in einer Seitenstraße, wo man ihn zudem noch ausgesprochen leicht übersehen konnte. Die Weinhandlung direkt nebenan wurde von einem Europäer geführt, der behauptete, Franzose zu sein, Gerüchten zufolge jedoch aus Ungarn stammte. Sein Englisch war grauenvoll, aber den Wortschatz der Preistreiberei beherrschte er perfekt. Er hatte ihn wahrscheinlich von Chip's gelernt. Letzten Endes wa-

12

Eins

ren in diesem Stadtviertel alle Geschäfte für ihre Wucherpreise bekannt.

Nichtsdestotrotz wimmelte es auch hier vor Menschen. Vor dem Käselädchen schwang ein weiterer Weihnachtsmann seine Glocke. »Rudolph the Red-Nosed Reindeer« plärrte es aus einem versteckten Lautsprecher über dem Bürgersteig vor *Mutter Erde*, einem Laden, in dem die Körnerfresser zweifellos immer noch Jesuslatschen trugen. Luther verabscheute den Laden und weigerte sich, auch nur einen Fuß hineinzusetzen. Aus welchem Grund Nora dort regelmäßig biodynamische Kräuter kaufte, war ihm immer noch ein Rätsel.

Der alte Mexikaner vom Tabakgeschäft befestigte gerade fröhlich eine Lichterkette in seinem Schaufenster. Aus seinem Mundwinkel hing eine Pfeife, Rauch waberte um seinen Kopf, und hinter ihm stand ein mit künstlichem Schnee besprühter künstlicher Weihnachtsbaum.

Für den späteren Abend war echter Schneefall angesagt. Deshalb hasteten die Kauflustigen noch eiliger durch die Geschäfte. Luthers rechte Socke war mittlerweile an seinem Knöchel festgefroren.

In Chip's gab es keine Einkaufskörbe mehr. Nicht, dass Luther einen benötigt hätte, aber das war auf jeden Fall ein schlechtes Zeichen. Es bedeutete, dass der Laden gerammelt voll war. Erschwerend hinzu kamen die schmalen Gänge und eine Warenanordnung, die absolut keinen Sinn machte. Ganz egal, was auf der Einkaufsliste stand – man musste den Laden ein halbes Dutzend Mal von vorn bis hinten durchkämmen, um alles zu finden.

Ein Angestellter mühte sich um die ansprechende Gestaltung einer Auslage mit Weihnachtsmännern aus Schokolade. Über der

Das Fest

Fleischtheke forderte ein Schild alle »guten« Kunden auf, hier und jetzt sofort ihren Weihnachtstruthahn zu bestellen. Erlesene Weine zum Fest, frisch eingetroffen! Und Weihnachtsschinken!

Was für eine Verschwendung, dachte Luther. Warum essen und trinken wir so viel, um die Geburt Christi zu feiern? Er entdeckte die Pistazien neben dem Brot. Hier war wieder diese sonderbare Chip's-Logik am Werk gewesen. Im Regal mit den Backzutaten war natürlich weit und breit keine weiße Kuvertüre zu entdecken, also fluchte Luther leise vor sich hin und trottete erneut suchend durch die Gänge. Jemand rammte ihm einen Einkaufswagen in die Hacken. Ohne sich zu entschuldigen, ohne es auch nur zu bemerken. »God Rest Ye Merry Gentlemen« erklang aus dem Lautsprecher in der Decke. Als ob Luther sich dadurch besser fühlen würde! Da hätten sie auch »Frosty der Schneemann« spielen können.

Zwei Gänge weiter stand neben den Reissorten aus aller Welt ein Regal mit Kuvertüre. Luther machte einen Schritt darauf zu und entdeckte die Ein-Pfund-Packung von Logan's. Ein zweiter Schritt, und die Kuvertüre war urplötzlich verschwunden – im Einkaufskorb einer streng aussehenden Frau, die ihn überhaupt nicht beachtete. Der für Logan's reservierte Platz im Regal war leer, und im nächsten schrecklichen Augenblick stellte Luther fest, dass kein Fitzelchen weiße Schokolade mehr zu sehen war. Jede Menge Zartbitter- und Vollmilchkuvertüre, aber keine weiße.

An der Expresskasse ging es natürlich langsamer voran als an den beiden anderen. Wegen der unverschämten Preise kauften die meisten Kunden nur das Nötigste, dies hatte jedoch keinerlei positiven Effekt auf die Schnelligkeit, mit der sie an der Kasse ab-

Eins

gefertigt wurden. Eine unfreundliche Kassiererin ergriff jeden einzelnen Artikel, inspizierte ihn und gab dann von Hand den Barcode ein. Am anderen Ende des Fließbands wurden die Waren dann mehr oder weniger schlampig eingetütet. In der Vorweihnachtszeit wurden die Packer allerdings auf einmal sehr lebendig, waren mit Begeisterung und einem Dauerlächeln bei der Arbeit und bewiesen ein erstaunliches Gedächtnis für die Namen von Kunden. Die Jagd nach Trinkgeld hatte begonnen, eine weitere Nebenerscheinung von Weihnachten, die Luther verabscheute.

Über sechs Dollar für ein Pfund Pistazien! Er schubste den eifrigen Packer beiseite und fürchtete, womöglich noch mehr Gewalt anwenden zu müssen, um den jungen Mann daran zu hindern, die kostbaren Pistazien überflüssigerweise in eine Plastiktüte zu stecken. Luther stopfte den Beutel in seine Manteltasche und machte sich schnell davon.

Eine Traube von Menschen war vor dem Tabakgeschäft stehen geblieben, um dem alten Mexikaner beim Dekorieren seines Schaufensters zuzusehen. Er ließ gerade kleine Roboter durch den Kunstschnee stapfen, was die Menge maßlos entzückte. Luther war gezwungen, den Bürgersteig zu verlassen, und zwar mit dem falschen Fuß zuerst. Sein linker Schuh versank in zehn Zentimeter hohem, eiskaltem Schneematsch. Luther erstarrte für den Bruchteil einer Sekunde, atmete tief ein und verfluchte den alten Mexikaner, seine Roboter, seine Zuschauer und vor allem die verdammten Pistazien. Dann zog er abrupt den Fuß aus der Pfütze und schleuderte dabei Schmutzwasser auf sein Hosenbein. Und während Luther nun mit zwei Eisfüßen in der Gosse stand, penetrantes Glockengebimmel erschallte, »Santa Claus Is

Das Fest

Coming to Town« aus dem Lautsprecher dröhnte und der Bürgersteig durch fröhliche Menschen blockiert war, fing er langsam aber sicher an, das gesamte Weihnachtsfest zu hassen.

Als er den Wagen erreicht hatte, war das Wasser bis zu seinen Zehen vorgedrungen. »Weiße Kuvertüre gab's nicht mehr«, zischte er Nora zu, während er sich ans Steuer setzte.

Sie wischte sich die Augen.

»Was ist denn nun schon wieder?«, wollte er wissen.

»Ich habe gerade mit Blair gesprochen.«

»Was? Wie? Ist alles in Ordnung?«

»Sie hat aus dem Flugzeug angerufen. Es geht ihr gut.« Nora kaute auf ihrer Unterlippe herum und versuchte ihre Fassung wiederzuerlangen.

Was genau kostet es wohl, aus zehntausend Metern Höhe mit jemandem am Boden zu telefonieren?, fragte sich Luther. Er hatte solche Flugzeugtelefone schon einmal gesehen. Man benötigte dafür lediglich eine Kreditkarte. Blair hatte eine von ihm bekommen – eine von denen, bei der die Rechnungen an Mom und Dad geschickt wurden. Von einem Funktelefon da oben zu einem Handy hier unten ... wahrscheinlich mindestens zehn Dollar.

Und wofür? Es geht mir gut, Mom. Hab dich schon fast eine Stunde lang nicht mehr gesehen. Wir lieben uns. Wir werden uns vermissen. Ich muss jetzt aufhören, Mom.

Der Motor lief, obwohl Luther sich nicht daran erinnern konnte, ihn gestartet zu haben.

»Du hast die weiße Kuvertüre vergessen?«, fragte Nora, die ihre Fassung inzwischen wiedererlangt hatte.

Eins

»Nein, ich habe sie nicht vergessen. Es gab keine mehr.«

»Hast du Rex danach gefragt?«

»Wer ist Rex?«

»Der Metzger.«

»Nein, Nora, aus unerfindlichen Gründen habe ich nicht daran gedacht, den Metzger zu fragen, ob er vielleicht zwischen seinen Koteletts und Würsten weiße Kuvertüre versteckt hat.«

Sie fummelte frustriert am Türgriff herum. »Ich brauche sie aber. Dich kann man wirklich nicht schicken.« Und fort war sie.

»Hoffentlich trittst du in eine Pfütze mit Eiswasser«, brummte Luther wütend und murmelte noch ein paar andere unschöne Bemerkungen hinterdrein. Er richtete die Heizventilatoren nach unten, damit seine Füße auftauten, und beobachtete dann das Kommen und Gehen fettleibiger Menschen vor dem Schnellrestaurant. Auf den Straßen ringsherum stand der Verkehr so gut wie still.

Luther dachte darüber nach, wie schön es wäre, Weihnachten einfach vergessen zu können. Einmal mit den Fingern schnippen, und es ist der zweite Januar. Kein Baum, kein Einkaufsstress, keine unnützen Geschenke, keine Trinkgelder, keine Berge von Einpackpapier, keine Staus und Menschenmengen, kein Stollen, kein Festschnaps und Festschinken, die ohnehin niemand haben will, kein »Rudolph« und kein »Frosty«, keine Büroparty, keine Geldverschwendung. Seine Liste wurde immer länger. Er kauerte auf dem Fahrersitz, wartete darauf, dass die Wärme seine Füße erreichte, und träumte lächelnd davon, alldem zu entkommen.

Nora kehrte zurück und warf ihm eine kleine braune Tüte in den Schoß – vorsichtig genug, dass die Schokolade nicht zer-

Das Fest

brach, jedoch heftig genug, dass Luther klar wurde, dass sie erfolgreich gewesen war, wo er versagt hatte. »Jeder weiß, dass man bei Chip's immer fragen muss«, stieß sie schroff hervor und legte mit ungeduldigem Rucken ihren Gurt an.

»Seltsame Art von Absatzförderung«, sann Luther und legte den Rückwärtsgang ein. »Verstecken wir die Ware doch beim Metzger, machen wir sie rar, dann werden die Leute schon danach schreien. Ich bin sicher, dass der Preis für versteckte Ware sogar noch höher ist.«

»Ach, sei doch still, Luther.«

»Hast du nasse Füße?«

»Nein. Du?«

»Nein.«

»Wieso fragst du dann?«

»Nur so.«

»Glaubst du, es geht alles gut?«

»Sie sitzt im Flugzeug. Du hast gerade noch mit ihr gesprochen.«

»Ich meine da draußen, im Dschungel.«

»Hör auf, dir Sorgen zu machen, okay? Das Friedenskorps würde sie niemals irgendwohin schicken, wo es gefährlich ist.«

»Es wird nicht so sein wie sonst.«

»Was?«

»Weihnachten.«

Ganz gewiss nicht, hätte Luther beinahe erwidert. Und während er den Wagen durch den Verkehr lenkte, breitete sich ein seltsames Lächeln auf seinem Gesicht aus.

Zwei

Mit mollig warmen Füßen in dicken Wollsocken ging Luther zu Bett und schlief schnell ein. Allerdings wachte er noch schneller wieder auf. Nora wanderte ruhelos durch das Haus. Sie betätigte im Bad die Toilettenspülung, knipste das Licht an und aus, schlurfte hinunter in die Küche, kochte sich einen Kräutertee und betrat wenig später Blairs Zimmer am Ende des Flurs, wo sie zweifellos die Wand anstarrte und sich schniefend fragte, wo die Zeit geblieben war. Dann kam sie zurück ins Bett, wälzte sich herum, zog ihm die Decke weg und tat ihr Bestes, Luther aufzuwecken. Sie hatte das Bedürfnis nach einem Gespräch, nach Zuspruch. Sie wollte von Luther hören, dass die Schrecken des peruanischen Dschungels Blair nichts anhaben konnten.

Aber Luther blieb stocksteif liegen, rührte keinen Muskel und

Das Fest

atmete so ruhig wie möglich. Wenn sie nun wieder davon anfingen, würde das womöglich die ganze Nacht dauern. Er schnarchte absichtlich, worauf sie sich langsam beruhigte.

Kurz nach elf Uhr war alles still. Luther starrte in die Dunkelheit, während seine Füße immer heißer wurden. Als er vollkommen sicher war, dass sie schlief, glitt er vorsichtig aus dem Bett, schleuderte die dicken Socken in eine Ecke und schlich auf Zehenspitzen in die Küche, um ein Glas Wasser zu trinken. Danach eine Tasse entkoffeinierten Kaffee.

Eine Stunde später saß er in seinem Arbeitszimmer im Keller, ein Ermittler auf der Suche nach Beweisstücken: Auf seinem Schreibtisch stapelten sich Aktenordner, der Computer surrte, der Drucker spuckte Tabellenkalkulationen aus. Luther war von Haus aus Steuerberater und führte seine Unterlagen peinlich genau. Und jetzt, da die Menge von Beweismaterial immer weiter anschwoll, vergaß er seinen Schlaf.

Vor einem Jahr hatten sie 6.100 Dollar für Weihnachten ausgegeben – 6.100 Dollar! 6.100 Dollar für Dekorationen, Lichterketten, Blumen, einen neuen Frosty für das Dach und eine kanadische Fichte. 6.100 Dollar für Festschinken, Truthähne, Pecannüsse, Käsebällchen und Plätzchen, die niemand aß. 6.100 Dollar für Wein, Hochprozentiges und Zigarren als Geschenke für die Kollegen. 6.100 Dollar für die Stollen und Kalender, die jedes Jahr von der Feuerwehr, dem Rettungsdienst und dem Polizeiverband für einen guten Zweck verkauft wurden. 6.100 Dollar für Geschenke an Luther: einen Kaschmirpullover, den er insgeheim nicht ausstehen konnte, ein Sakko, das er zweimal getragen hatte, und eine Brieftasche aus Straußenleder, die

Zwei

ziemlich teuer gewesen war, potthässlich aussah und sich offen gestanden nicht besonders gut anfühlte. 6.100 Dollar für das Kleid, das Nora zur offiziellen Weihnachtsfeier von Luthers Firma angezogen hatte, für ihren eigenen Kaschmirpullover, der nach Weihnachten nie wieder gesehen ward, und für einen Designerschal, den sie heiß und innig liebte. 6.100 Dollar für die Geschenke an Blair: einen Mantel, ein Paar Stiefel und Handschuhe, einen Walkman, damit sie zu Musik joggen konnte, und natürlich das neueste, kleinste Handy am Markt. 6.100 Dollar, mit denen eine auserwählte Hand voll entfernter Verwandter beschenkt wurde – hauptsächlich Verwandte von Noras Seite. 6.100 Dollar für Weihnachtskarten aus einer Schreibwarenhandlung in der Nähe von Chip's, in jenem Viertel mit den Wucherpreisen. 6.100 Dollar für die Party, die jedes Jahr zu Heiligabend im Hause der Kranks stattfand.

Und was hatten sie davon gehabt? Vielleicht ein oder zwei brauchbare Dinge, aber ansonsten nicht viel – und das für 6.100 Dollar!

Genüsslich berechnete Luther den Verlust, als habe nicht er, sondern jemand anderes ihn erlitten. Alle Beweisstücke passten hervorragend ins Bild und lieferten ihm hieb- und stichfeste Argumente.

Als er am Ende seiner Kalkulation zu den Ausgaben für wohltätige Zwecke kam, wand er sich ein bisschen. Spenden für die Kirche, den Spielzeugfonds, für das Obdachlosenheim und die Lebensmittelhilfe. Doch nachdem er sich hastig durch die Wohltätigkeit gearbeitet hatte, kehrte er zu der furchtbaren, unumstößlichen Feststellung zurück: 6.100 Dollar für Weihnachten.

Das Fest

»Neun Prozent meines Bruttojahresgehalts«, stellte er ungläubig fest. »Sechs-tausend-ein-hundert Dollar! Und nur sechshundert davon habe ich von der Steuer absetzen können.«

In seinem Elend tat Luther etwas, was ansonsten äußerst selten vorkam. Er griff nach der Kognakflasche in seiner Schreibtischschublade und kippte sich ein paar Drinks hinter die Binde.

Er schlief von drei bis sechs Uhr morgens und tankte dann unter der morgendlichen Dusche neue Energie. Nora versuchte, ihm zum Frühstück Kaffee und Haferflocken aufzudrängen, aber er wollte nichts davon hören. Er las die Zeitung, lachte über die Comics, versicherte ihr zweimal, dass Blair sich bestimmt prima amüsierte, gab ihr dann einen Kuss und brauste zur Arbeit. Er war ein Mann mit einer Mission.

Das Reisebüro befand sich im Atrium des Gebäudes, in dem Luthers Firma ihren Sitz hatte. Er ging mindestens zweimal am Tag daran vorbei, warf jedoch nur selten einen Blick in das Schaufenster mit den Plakaten von Sandstränden, Bergpanoramen, Segeljachten und Pyramiden. Ein Reisebüro war etwas für jene, die das Glück hatten, reisen zu können. Luther hatte es noch nie betreten, noch nie auch nur daran gedacht. Urlaub — das bedeutete für ihn und Nora fünf Tage am Strand, in der Eigentumswohnung eines Freundes, und bei seiner Arbeitsüberlastung konnten sie froh sein, wenn es überhaupt klappte.

Um kurz nach zehn stahl er sich aus dem Büro. Er benutzte die Treppe, damit er niemandem etwas erklären musste, und huschte durch die Tür von Regency Travel. Dort empfing ihn Biff.

Biff trug eine große Blüte im Haar, war tief gebräunt und sah

Zwei

aus, als würde sie gerade zufällig mal für ein paar Stunden im Büro vorbeischauen, bevor es zum nächsten Strand ging. Ihr nettes Lächeln traf Luther unvorbereitet, und ihre ersten Worte verblüfften ihn. »Sie könnten eine Kreuzfahrt gebrauchen.«

»Woher wissen Sie das?«, murmelte er. Ihre Hand schnellte vor, griff nach seiner und schüttelte sie. Dann führte Biff ihn zu einem breiten Schreibtisch. Sie bot ihm einen Platz auf der einen Seite an und ließ sich ihm gegenüber nieder. Luther bemerkte, dass sie lange, gebräunte Beine hatte. Strandbeine.

»Der Dezember ist der beste Monat für eine Kreuzfahrt«, begann sie, und Luther war bereits verloren. Eine Flut von Prospekten brach über ihn herein. Biff breitete sie unter seinem verträumten Blick auf dem Schreibtisch aus.

»Sie arbeiten hier im Gebäude?«, erkundigte sie sich und tastete sich damit unauffällig an die Finanzfrage heran.

»Wiley & Beck, sechster Stock«, antwortete Luther, ohne die Augen von den schwimmenden Palästen und den endlosen Stränden abzuwenden.

»Die Kautionsbürgen?«, fragte sie.

Luther zuckte kaum merklich zusammen. »Nein. Die Steuerberater und Buchhalter.«

»Entschuldigung«, sagte sie und hätte sich in den Hintern beißen können. Die blasse Haut, die dunklen Ringe unter den Augen, das übliche blaue Oxfordhemd mit Button-down-Kragen und die konservative Krawatte – sie hätte es besser wissen müssen. Na ja, egal. Sie kramte die Hochglanzprospekte der nächsthöheren Preisstufe hervor. »Ich glaube, aus Ihrer Firma kommen nicht viele Kunden hierher.«

Das Fest

»Urlaub ist bei uns ein Fremdwort. Zu viel Arbeit. Mir gefällt dieses Schiff hier gut.«

»Eine ausgezeichnete Wahl.«

Sie einigten sich auf die *Island Princess*, einen funkelnagelneuen Luxusliner mit Kabinen für dreitausend Passagiere, vier Swimmingpools, drei Kasinos, Büffets und Galadiners nonstop, acht Anlaufhäfen in der Karibik und so weiter und so weiter. Mit einem Stapel von Prospekten unter dem Arm huschte Luther zurück in sein Büro.

Der Hinterhalt war sorgfältig geplant. Zuerst einmal machte er Überstunden, was durchaus nicht ungewöhnlich war, aber auf jeden Fall den Weg für den Abend bereitete. Auch das Wetter spielte mit, denn es zeigte sich immer noch trostlos. Bei grauem, nebelverhangenem Himmel war es schwer, in festliche Stimmung zu kommen – und sehr viel leichter, von zehn luxuriösen Tagen in der Sonne zu träumen.

Falls Nora sich zur Abwechslung mal keine Sorgen um Blair machte, konnte er das schnell ändern. Er würde einfach eine schreckliche Meldung über einen neuen Virus erwähnen oder vielleicht ein Massaker in einem kolumbianischen Dorf, und schon wäre Nora nicht mehr zu bremsen. Es würde sie von den Freuden der Weihnachtszeit ablenken. Ohne Blair wird es nicht so sein wie sonst, oder?

Warum nehmen wir dieses Jahr nicht eine Auszeit? Verdrücken uns? Flüchten. Gönnen uns mal was.

Doch natürlich war Nora von allein mit ihren Gedanken im Dschungel. Sie umarmte Luther zur Begrüßung, lächelte und versuchte zu verbergen, dass sie geweint hatte. Ihr Tag war eini-

24

Zwei

germaßen gut verlaufen. Sie hatte das Mittagessen ihres Damenkränzchens überlebt und danach zwei Stunden in der Kinderklinik verbracht – eine ihrer vielen zermürbenden sozialen Aktivitäten.

Während sie die Pasta aufwärmte, legte Luther verstohlen eine CD mit Reggaemusik ein, drückte aber noch nicht die Wiedergabetaste. Timing war alles.

Sie unterhielten sich über Blair, und es dauerte nicht lange, bis Nora ganz von allein damit anfing. »Dieses Jahr wird zu Weihnachten alles furchtbar anders sein, nicht wahr, Luther?«

»Ja, da hast du Recht«, erwiderte er mit traurigem Tonfall und schluckte. »Nichts wird so sein wie sonst.«

»Zum ersten Mal seit dreiundzwanzig Jahren ist sie nicht hier.«

»Das könnte ziemlich deprimierend werden. Zu Weihnachten haben doch viele Leute Depressionen.« Luther schlang hastig eine Portion Pasta hinunter, dann hielt er seine Gabel ganz still.

»Am liebsten würde ich die ganze Sache einfach vergessen«, sagte Nora, wobei ihre Stimme immer leiser wurde.

Luther zuckte zusammen und legte den Kopf schief.

»Was ist denn?«, fragte sie.

»Nun!!«, rief er theatralisch und schob seinen Teller von sich. »Jetzt, wo du es erwähnst – es gibt da etwas, worüber ich mit dir reden möchte.«

»Iss erst zu Ende.«

»Ich bin fertig«, verkündete er und sprang auf. Seine Aktentasche stand nur wenige Meter entfernt, und er stürzte sich auf sie.

Das Fest

»Luther, was machst du da?«

»Warte einen Augenblick.«

Er kehrte mit den Händen voller Unterlagen zum Tisch zurück und blieb vor Nora stehen. »Ich hatte eine Idee«, sagte er stolz. »Und sie ist brillant.«

»Warum macht mich das bloß so nervös?«

Er breitete das Blatt mit Tabellen vor ihr aus und wies mit dem Finger auf die Zahlen. »Das hier, meine Liebe, haben wir letztes Jahr zu Weihnachten gemacht. Wir haben sechstausendeinhundert Dollar für Weihnachten ausgegeben. Sechstausendeinhundert Dollar!«

»Schon gut, ich bin nicht taub.«

»Und wir haben herzlich wenig dafür vorzuweisen. Zum größten Teil hinausgeworfenes Geld. Verschwendet. Mal ganz abgesehen von meinem und deinem Zeitaufwand, den Verkehrsstaus, dem Stress, den Problemen, dem Gezänk, der üblen Laune, dem Schlafmangel – all den wunderbaren Erscheinungen der Weihnachtszeit.«

»Worauf willst du hinaus?«

»Danke für die Frage.« Luther schob den Computerausdruck beiseite und präsentierte seiner Frau stattdessen flink wie ein Zauberer die *Island Princess*. Reiseprospekte bedeckten jetzt den Tisch. »Worauf ich hinauswill, meine Liebe? Auf die Karibik. Zehn Tage absoluter Luxus auf der *Island Princess*, dem schicksten Kreuzfahrtschiff der Welt. Die Bahamas, Jamaika, die Caymaninseln – huch, einen Moment mal.«

Luther lief ins Wohnzimmer, stellte die CD an, wartete auf die ersten Takte, regulierte die Lautstärke und hetzte dann zu-

Zwei

rück in die Küche, wo Nora gerade einen der Prospekte inspizierte.

»Was ist denn das für Musik?«, erkundigte sie sich.

»Reggae, den hören die Leute da unten in der Karibik ständig. Wo war ich stehen geblieben?«

»Beim Inselhüpfen.«

»Genau, wir werden vor Grand Cayman schnorcheln, vor Jamaika windsurfen und an Traumstränden liegen. Zehn Tage lang, Nora, zehn sagenhafte Tage lang.«

»Ich müsste ein paar Kilo abnehmen.«

»Dann machen wir beide eben vorher eine Diät. Was sagst du?«

»Wo liegt der Haken?«

»Der Haken ist ganz simpel – wir lassen Weihnachten ausfallen. Wir geben das Geld zur Abwechslung mal nur für uns aus. Keinen Cent für Feinkost, die wir nicht essen, Klamotten, die wir nicht tragen, oder Geschenke, die keiner braucht. Keinen roten Heller. Ich spreche von einem Boykott, Nora, einem kompletten Weihnachtsboykott!«

»Das klingt furchtbar.«

»Im Gegenteil, es wird bestimmt ganz wunderbar. Und es wäre doch nur für dieses eine Jahr. Gönnen wir uns doch mal eine Pause. Blair ist nicht hier. Wenn sie nächstes Jahr zurückkommt, können wir uns meinetwegen wieder in das Weihnachtschaos stürzen, falls du das dann noch willst. Komm schon, Nora. Bitte! Wir lassen Weihnachten ausfallen, sparen Geld und planschen dafür zehn Tage lang in der Karibik.«

»Wie viel würde die Kreuzfahrt kosten?«

Das Fest

»Dreitausend Dollar.«
»Also sparen wir tatsächlich noch Geld dabei?«
»Ganz genau.«
»Wann soll es losgehen?«
»Am ersten Weihnachtstag, zwölf Uhr.«
Sie starrten einander lange an.

Das Abkommen wurde im Bett geschlossen. Der Fernseher lief ohne Ton, ungelesene Zeitschriften lagen überall verstreut, und die Reiseprospekte befanden sich nicht weit entfernt auf dem Nachttisch. Luther überflog ein Finanzmagazin, bekam jedoch so gut wie nichts von den Artikeln mit. Nora hielt ein Taschenbuch in der Hand, ohne die Seiten umzublättern.

Die Spenden hatten sich als Knackpunkt erwiesen. Nora weigerte sich einfach, auf die milden Gaben zu verzichten oder sie »ausfallen zu lassen«, wie Luther beharrlich wiederholte. Sie hatte sich widerwillig dazu bereit erklärt, keine Geschenke zu kaufen. Der Gedanke, keinen Baum aufzustellen, verursachte einige Tränen, obwohl Luther ihr erbarmungslos vor Augen führte, dass sie sich beim Schmücken des verdammten Dings jedes Jahr stritten und anbrüllten. Und kein »Frosty, der Schneemann« auf dem Dach? Wo doch jedes andere Haus in der Straße einen haben würde? Was wiederum die Frage der öffentlichen Meinung aufwarf. Würde man sie nicht mit Verachtung strafen, weil sie Weihnachten ignorierten?

Und wenn schon, hatte Luther geantwortet. Mochten ihre

Zwei

Freunde und Nachbarn auch offiziell missbilligend reagieren, insgeheim würden sie vergehen vor Neid. Zehn Tage in der Karibik, Nora, sagte er immer wieder. Wenn ihre Freunde und Nachbarn erst einmal Schnee schaufeln mussten, würden sie nicht mehr lachen, oder? Die höhnischen Bemerkungen werden ihnen sauer aufstoßen, wenn sie bis zum Platzen mit Truthahn voll gestopft sind, während wir in der Sonne braten. Niemand wird süffisant grinsen, wenn wir schlank und gebräunt zurückkommen und keine Angst vor all den Rechnungen im Briefkasten haben müssen.

Nora hatte ihn selten so entschlossen erlebt. Methodisch räumte er all ihre Einwände aus, einen nach dem anderen, bis keiner mehr übrig war – außer der Sache mit den Spenden.

»Du willst tatsächlich wegen lausiger sechshundert Dollar auf eine Karibikkreuzfahrt verzichten?«, fragte Luther in äußerst sarkastischem Ton.

»Nein, aber offenbar du«, erwiderte sie kühl.

Mit diesen Worten zog sich jeder an seine Bettkante zurück und versuchte zu lesen.

Nach einer Stunde schweigender Anspannung jedoch strampelte Luther die Decke weg, riss sich die Wollsocken von den Füßen und sagte: »Na schön. Spenden wir also genauso viel wie im letzten Jahr. Aber keinen Cent mehr.«

Nora schleuderte ihr Buch von sich und fiel ihrem Mann um den Hals. Sie umarmten sich, gaben sich einen Kuss, und dann griff sie nach den Prospekten.

29

Drei

Ungeachtet der Tatsache, dass es sich um Luthers Plan handelte, war es Nora, die als Erste auf die Probe gestellt wurde. Am Dienstagmorgen erhielt sie einen Anruf von einem griesgrämigen Mann, den sie nicht besonders gut leiden konnte. Sein Name war Aubie, und ihm gehörte der *Kürbiskern*, ein pompöser kleiner Schreibwarenladen mit absurden Preisen.

Nach der Begrüßung kam Aubie direkt zur Sache. »Ich habe mir nur ein wenig Sorgen wegen Ihrer Weihnachtskarten gemacht, Mrs Krank«, sagte er und gab sich Mühe, zutiefst betroffen zu klingen.

»Und warum?«, fragte Nora. Sie schätzte es überhaupt nicht, von einem muffigen Krämer verfolgt zu werden, der ansonsten das ganze Jahr über kaum ein Wort mit ihr wechselte.

Drei

»Nun ja, Sie suchen sich immer die schönsten Karten aus, Mrs Krank, und wir sollten langsam daran denken, sie zu ordern.« Schmeicheleien waren nicht gerade seine Stärke. Diesen Spruch bekamen alle Kunden zu hören.

Laut Luthers Endabrechnung hatte der *Kürbiskern* im Jahr zuvor 318 Dollar für Weihnachtskarten von den Kranks eingestrichen, was Nora wirklich ein wenig übertrieben erschien. Es war zwar keine riesige Summe, aber was hatten sie eigentlich davon gehabt? Luther lehnte es rundweg ab, ihr beim Adressieren und Frankieren zu helfen, und geriet jedes Mal in Rage, wenn sie ihn fragte, ob sie Mr oder Mrs Soundso auch eine Karte schicken sollte oder nicht. Außerdem weigerte er sich, auch nur einen flüchtigen Blick auf die Karten zu werfen, die sie selbst erhielten, und Nora musste sich eingestehen, dass es kaum noch Freude machte, überhaupt welche zu bekommen.

Also blieb sie hart und sagte: »Wir bestellen in diesem Jahr keine Karten.« Sie konnte beinahe hören, wie Luther ihr applaudierte.

»*Was?*«

»Sie haben mich sehr wohl verstanden.«

»Darf ich fragen, warum?«

»Nein, das dürfen Sie nicht.«

Darauf wusste Aubie keine Antwort. Er stammelte noch etwas und legte dann auf. Einen Augenblick lang war Nora von Stolz erfüllt. Doch als sie an all die Fragen dachte, die sie damit heraufbeschwören würde, wurde sie unsicher. Ihre Schwester, die Frau des Pfarrers, ihre Freunde im Alphabetisierungsausschuss, ihre Tante, die in einem Rentnerstädtchen lebte – sie alle würden

Das Fest

sich irgendwann erkundigen, was mit ihren Weihnachtskarten geschehen war.

Hat die Post sie verschlampt? Oder hattet ihr keine Zeit zu schreiben?

Nein. Sie würde ihnen die Wahrheit sagen. Weihnachten findet diesmal ohne uns statt. Blair ist nicht da, also machen wir eine Kreuzfahrt. Und wenn ihr die Karte so sehr vermisst habt, schicke ich euch nächstes Jahr eben zwei.

Nachdem Nora mit Hilfe einer frischen Tasse Kaffee ihre Kräfte gesammelt hatte, fragte sie sich, wie viele der Personen auf ihrer Adressliste es überhaupt bemerken würden, wenn sie leer ausgingen. Sie selbst erhielt jedes Jahr ein paar Dutzend Karten, allerdings mit abnehmender Tendenz, und führte keineswegs Buch darüber, wer sich die Mühe gemacht hatte und wer nicht. Hatte in all der Weihnachtshektik denn tatsächlich irgendjemand Zeit, sich Gedanken um gewisse ausbleibende Karten zu machen?

Womit sie bei einem von Luthers beliebtesten Meckerthemen angelangt war – dem Notvorrat. Nora kaufte immer einige Karten mehr als nötig, damit sie sofort reagieren konnte, wenn unerwartete Weihnachtsgrüße eintrafen. Jahr für Jahr trafen zwei bis drei Karten von vollkommen fremden Personen ein, und auch einige von Bekannten, die vorher noch nie geschrieben hatten. Dann schickte Nora innerhalb von vierundzwanzig Stunden ihre Notfallkarten los, immer mit einem handschriftlichen Zusatz à la »Friede sei mit Ihnen«.

Natürlich war das alles lächerlich.

Sie kam zu dem Schluss, dass sie sehr gut auf das ganze Weihnachtskartenritual verzichten konnte. Sie konnte darauf

Drei

verzichten, all diese langweiligen kleinen Botschaften zu verfassen, ungefähr hundert Briefumschläge zu adressieren, mit Marken zu bekleben und zur Post zu bringen und sich dann noch zu fragen, ob sie womöglich jemanden vergessen hatte. Sie konnte auf die zusätzliche Papierflut im Briefkasten verzichten, auf die hastig aufgerissenen Umschläge und auf die Nullachtfünfzehn-Grüße von Leuten, die ebenso wenig Zeit hatten wie sie selbst.

Nachdem sie sich also innerlich von den Weihnachtskarten befreit hatte, rief Nora Luther in seinem Büro an, um ein wenig Lob einzuheimsen. Sie erzählte ihm von dem Telefongespräch mit Aubie. »Dieser kleine Wurm«, murmelte Luther.

Als sie zum Ende gekommen war, sagte er: »Gratuliere.«

»Es war überhaupt nicht schwer!«, rief sie überschwänglich.

»Denk einfach immer nur an die Traumstrände, die dort unten auf uns warten, Liebes.«

»Was hast du gegessen?«, wollte sie wissen.

»Nichts. Ich bin immer noch bei dreihundert Kalorien.«

»Ich auch.«

Nachdem sie aufgelegt hatten, wandte sich Luther wieder seiner momentanen Aufgabe zu. Allerdings addierte er nicht wie üblich Zahlenkolonnen oder schlug sich mit den Vorschriften der Bundesfinanzbehörde herum, sondern entwarf stattdessen einen Brief an seine Kollegen. Seinen ersten Weihnachtsbrief. In welchem er sorgfältig erläuterte, warum er nicht an den Festritualen teilnehmen werde und im Gegenzug seinen Kollegen sehr verbunden sei, wenn sie ihn einfach ignorierten. Er werde niemandem etwas schenken und auch keine Geschenke anneh-

Das Fest

men. Trotzdem vielen Dank. Er werde weder bei der offiziellen Weihnachtsfeier der Firma zugegen sein, noch dem Saufgelage beiwohnen, das sie Büroparty nannten. Er verzichte auf den Kognak und den Parmaschinken, den gewisse Klienten jedes Jahr den hohen Herrschaften der Firma verehrten. Er sei allerdings keineswegs verärgert und werde auch nicht jedem, der ihm »Fröhliche Weihnachten« wünschte, ein »Humbug!« entgegenschreien.

Er werde Weihnachten einfach nur ausfallen lassen. Und stattdessen eine Kreuzfahrt machen.

Luther verbrachte den größten Teil des Vormittags über diesem Brief und tippte ihn schließlich selbst ins Reine. Er würde auf jeden Schreibtisch bei Wiley & Beck eine Kopie legen.

Am folgenden Tag wurde Nora und Luther kurz nach dem Abendessen die ganze Tragweite ihres Plans bewusst. Es war durchaus möglich, sich auch ohne Karten, Partys, Festessen, überflüssige Geschenke und das ganze andere Brimborium auf Weihnachten zu freuen. Aber wie sollte man die Feiertage ohne Baum überstehen?

Erst wenn sie um den Baum herumgekommen waren, konnte Luther sicher sein, dass sie es wirklich schaffen würden.

Er und Nora räumten gerade den Tisch ab, auch wenn es nicht viel abzuräumen gab. Ihr Abendessen hatte aus Brathähnchen und Hüttenkäse bestanden. Als es an der Tür klingelte, war Luther immer noch hungrig.

Drei

»Ich geh schon«, sagte er. Beim Blick aus dem Wohnzimmerfenster sah er den Sattelschlepper auf der Straße stehen und wusste auf der Stelle, dass die nächste Viertelstunde nicht angenehm werden würde. Er öffnete die Tür und hatte drei lächelnde Gesichter vor sich — zwei davon gehörten Jungen in flotten, adretten Pfadfinderuniformen, das dritte gehörte Mr Scanlon, dem ewigen Gruppenführer der Nachbarschaft. Auch er trug Uniform.

»Guten Abend«, begrüßte Luther die Kinder.

»Hallo, Mr Krank. Mein Name ist Randy Bogan«, sagte der größere Junge. »Wir verkaufen dieses Jahr wieder Weihnachtsbäume.«

»Wir haben auch einen für Sie auf dem Anhänger«, fügte der kleinere hinzu.

»Sie hatten im vorigen Jahr eine kanadische Blaufichte«, warf Mr Scanlon ein.

Luthers Blick wanderte über ihre Köpfe hinweg zu dem langen Tieflader, auf dem zwei ordentliche Reihen von Bäumen standen. Ein Heer von Pfadfindern war damit beschäftigt, sie abzuladen und zu Luthers Nachbarn zu schleppen.

»Wie viel?«, fragte Luther.

»Neunzig Dollar«, antwortete Randy. »Wir mussten ein wenig aufschlagen, weil unser Lieferant die Preise erhöht hat.«

Letztes Jahr waren es noch achtzig, wollte Luther sagen, hielt dann jedoch den Mund.

Plötzlich erschien wie aus dem Nichts Nora, legte ihr Kinn auf Luthers Schulter und flüsterte: »Sie sind so niedlich!«

Luther hätte beinahe gefragt: die Jungs oder die Bäume?

Das Fest

Warum konnte sie nicht einfach in der Küche bleiben und diese Sache ihm überlassen?

Mit einem breiten, falschen Lächeln sagte er: »Tut mir Leid, aber wir kaufen diesmal keinen Baum.«

Verständnislose Gesichter. Verwirrte Gesichter. Traurige Gesichter. Ein Stöhnen unmittelbar hinter ihm, als die Schockwelle Nora erreichte. Während Luther die Jungen ansah und seine Frau ihm buchstäblich im Nacken saß, wurde ihm klar, dass der entscheidende Moment gekommen war. Wenn er jetzt weich wurde, würden alle Dämme brechen. Einen Baum kaufen, ihn schmücken, dann feststellen, dass kein Baum komplett ist, wenn nicht ein Haufen Geschenke unter ihm liegt …

Bleib hart, alter Junge, feuerte Luther sich selbst an, gerade als seine Frau wisperte: »O Gott.«

»Schsch«, zischte er ihr aus dem Mundwinkel zu.

Die Jungen starrten zu Mr Krank hoch, als hätte er ihnen ihr Taschengeld weggenommen.

»Es tut uns Leid, dass die Bäume mehr kosten«, erklärte Randy niedergeschlagen.

»Wir verdienen pro Baum weniger als letztes Jahr«, kam Mr Scanlon ihm zu Hilfe.

»Es geht nicht um den Preis, Jungs«, entgegnete Luther, abermals mit einem falschen Lächeln. »Wir lassen Weihnachten dieses Jahr ausfallen. Wir werden gar nicht hier sein. Wir brauchen keinen Baum. Aber trotzdem vielen Dank.«

Die beiden Jungen blickten betreten zu Boden, und Mr Scanlon wirkte untröstlich. Nora steuerte ein weiteres klägliches Seufzen bei. Luther war der Panik nahe, bis ihm plötzlich ein

Drei

großartiger Gedanke kam. »Veranstaltet ihr Pfadfinder nicht alljährlich so ein großes Zeltlager irgendwo im Westen? Nächsten August in Neumexiko, wenn ich mich recht erinnere?«

Darauf waren sie nicht vorbereitet. Alle drei nickten langsam.

»Gut. Ich mache euch einen Vorschlag: Den Baum kann jemand anderes haben. Aber schaut doch im Sommer noch mal vorbei, dann stifte ich hundert Dollar für euer Lager.«

Randy Bogan brachte ein schwaches »Danke« heraus, allerdings nur, weil er sich dazu verpflichtet fühlte. Auf einmal wollten sie bloß noch fort.

Luther schloss langsam die Tür und wartete. Die drei Pfadfinder blieben noch für einen Augenblick auf der Vordertreppe stehen und traten dann den Rückzug über die Auffahrt an, immer mal wieder einen Blick über ihre Schultern zurückwerfend.

Als sie den Laster erreicht hatten, berichteten sie einem weiteren Erwachsenen in Uniform die verrückte Neuigkeit. Andere hörten mit, und es dauerte nicht lange, bis das geschäftige Treiben rund um den Tieflader zum Erliegen kam, weil die Pfadfinder und ihre Führer sich am Ende der Auffahrt zusammenrotteten und das Haus der Kranks anglotzten, als wären Außerirdische auf dem Dach gelandet.

Luther ging in die Hocke und spähte dicht an den offenen Vorhängen des Wohnzimmerfensters vorbei. »Was machen sie?«, flüsterte Nora hinter ihm. Auch sie kauerte auf dem Boden.

»Ich glaube, die gucken nur.«

»Vielleicht hätten wir einen kaufen sollen.«

»Nein.«

»Wir müssen ihn ja nicht aufstellen.«

Das Fest

»Sei still.«

»Wir könnten ihn einfach im Garten unterbringen.«

»Hör auf, Nora! Wieso flüsterst du eigentlich in unserem eigenen Haus?«

»Aus demselben Grund, aus dem du dich hinter den Vorhängen versteckst.«

Luther richtete sich auf und schloss die Vorhänge. Die Pfadfinder zogen ab und brachten weiteren Bewohnern der Hemlock Street Weihnachtsbäume, während der Tieflader die Straße entlang kroch.

Luther machte Feuer im Kamin und ließ sich in seinem Ruhesessel nieder, um ein wenig in den neuesten Steuergesetzgebungen zu schmökern. Er war allein, denn Nora schmollte irgendwo. Doch das war nur eine Phase, die schon morgen vorbei sein würde.

Er war mit den Pfadfindern fertig geworden – wen hatte er also noch zu fürchten? Ohne Zweifel standen ihm jedoch weitere Begegnungen dieser Art bevor, was einer der Gründe dafür war, dass Luther Weihnachten nicht leiden konnte. Jeder Mensch wollte irgendetwas verkaufen, sammelte für einen guten Zweck, erwartete ein Trinkgeld, eine Zuwendung ... es nahm einfach kein Ende. Luther regte sich gehörig auf und fühlte sich dabei ausgezeichnet.

Eine Stunde später trat er aus dem Haus und spazierte ohne ein bestimmtes Ziel den Bürgersteig der Hemlock Street entlang. Die Luft war leicht und kühl. Nach ein paar Schritten blieb er vor dem Briefkasten der Beckers stehen und warf einen Blick durch ihr vorderes Wohnzimmerfenster. Sie waren gerade dabei,

Drei

ihren Baum herauszuputzen, und Luther glaubte beinahe, ihr Gezänk hören zu können. Ned Becker balancierte auf der obersten Sprosse einer kleinen Leiter und brachte eine Lichterkette an, während Jude Becker ihm von unten Anweisungen zublaffte. Judes Mutter, ein Wunder an Alterslosigkeit und noch furchterregender als Jude selbst, war ebenfalls mit von der Partie. Auch sie erteilte dem armen Ned Befehle, und ihre Anordnungen standen offenbar in scharfem Widerspruch zu denjenigen ihrer Tochter. Häng sie hierhin, häng sie dorthin! An diesen Zweig, nicht an jenen! Siehst du nicht, dass da eine Lücke klafft? Wo hast du nur deine Augen? Währenddessen lümmelte sich Rocky Becker, ihr zwanzigjähriger Schulversager, mit einer Dose irgendwas auf dem Sofa, lachte und erteilte Ratschläge, die offenbar vollkommen ignoriert wurden. Er war allerdings der Einzige, der fröhlich dreinschaute.

Angesichts dieser Szene musste Luther lächeln. Sie bestätigte ihn in seiner Überzeugung und machte ihn stolz – stolz auf seinen Entschluss, sich dieses ganze Trauerspiel einfach zu schenken.

Er schlurfte weiter, füllte seine hochmütigen Lungen mit kalter Luft und war glücklich, dass er zum ersten Mal in seinem Leben das grauenhafte Ritual des Baumschmückens vergessen konnte. Zwei Häuser weiter hielt er erneut inne und beobachtete den Frohmeyer-Klan beim Sturmangriff auf eine zwei Meter fünfzig hohe Fichte. Mr Frohmeyer hatte zwei Kinder mit in die Ehe gebracht, Mrs Frohmeyer drei, dann hatten sie noch ein gemeinsames fabriziert, und von diesen sechsen war das älteste gerade mal zwölf Jahre alt. Soeben bewarf die ganze Brut den Baum

Das Fest

mit Dekorationen und Lametta. Jedes Jahr im Dezember kam irgendwann der Tag, an dem Luther zufällig eine der Nachbarsfrauen sagen hörte, wie absolut schrecklich der Baum der Frohmeyers wieder einmal aussah. Als ob ihn das interessieren würde!

Schrecklich oder nicht, sie hatten auf jeden Fall eine Menge Spaß dabei, die Fichte mit geschmacklosem Nippes zu behängen. Mr Frohmeyer betrieb Forschungen an der Universität und verfügte angeblich über ein Jahresgehalt von 110.000 Dollar, was jedoch bei sechs Kindern nicht besonders viel war. Nach Neujahr landete ihr Baum immer als letzter auf der Straße.

Luther kehrte um und machte sich auf den Heimweg. Im Wohnzimmer der Beckers saß Ned jetzt auf dem Sofa und presste einen Eisbeutel auf seine Schulter, während Jude ihm mit erhobenem Finger einen Vortrag hielt. Die Leiter lag auf der Seite und wurde gerade von der Schwiegermutter inspiziert. Was auch immer der Grund für den Sturz gewesen war – die Schuld würde ganz allein der arme Ned tragen.

Na großartig, dachte Luther. Jetzt werde ich mir für die nächsten vier Monate seine Leidensgeschichte anhören müssen. Wenn er sich recht erinnerte – Ned Becker war schon einmal von der Leiter gefallen, vor fünf oder sechs Jahren. War im Baum gelandet: War mit dem ganzen Ding zu Boden gegangen und hatte dabei Judes Lieblingsschmuck zerbrochen. Sie hatte ein Jahr lang geschmollt.

Was für ein Wahnsinn, dachte Luther.

Vier

Nora und zwei ihrer Freundinnen hatten gerade einen Tisch in ihrem Lieblingscafé erobert, einer umgebauten Tankstelle, an der zwar immer noch Benzin verkauft wurde, die ihr Sortiment jedoch um Designersandwiches und Milchkaffee zu drei Dollar die Tasse aufgestockt hatte. Wie jeden Mittag war das Café gerammelt voll, und die lange Schlange vor der Tür zog sogar noch mehr Kundschaft an.

Die drei Frauen hatten sich zu einem Arbeitsessen verabredet. Candi und Merry waren die anderen beiden Mitglieder des Komitees, das eine Benefizauktion zum Wohle des Kunstmuseums organisierte. An den meisten anderen Tischen wurden mit großem Eifer ähnliche wohltätige Aktionen geplant.

Noras Handy klingelte. Sie entschuldigte sich, weil sie ver-

Das Fest

gessen hatte, es abzuschalten, aber Merry bestand darauf, dass sie den Anruf trotzdem annahm. Ringsumher hatte ohnehin jeder zweite ein Mobiltelefon am Ohr.

Es war Aubie. Im ersten Moment fragte sich Nora verwundert, woher er ihre Nummer hatte. Aber dann fiel ihr ein, dass sie normalerweise recht freigebig damit umging.

»Es ist Aubie vom *Kürbiskern*«, bezog sie Candi und Merry in das Gespräch mit ein. Die beiden nickten desinteressiert. Vermutlich kannte jeder *Kürbiskern*-Aubie. Er verlangte die höchsten Preise des Planeten, und mit Schreibwaren von Aubie konnte man all seine Bekannten übertrumpfen.

»Wir haben neulich vergessen, über die Einladungskarten für Ihre Party zu sprechen«, sagte Aubie. Nora erstarrte. Auch sie hatte die Einladungen vollkommen vergessen und wollte sich nun ganz gewiss nicht im Beisein von Merry und Candi darüber unterhalten.

»Ach ja«, erwiderte sie. Merry hatte ein Gespräch mit einer der sozial engagierten Frauen am Nebentisch angefangen. Candi ließ gerade ihren Blick durch das Café schweifen, um in Erfahrung zu bringen, wer nicht anwesend war.

»Die werden wir ebenfalls nicht benötigen«, sagte Nora.

»Keine Party?«, fragte Aubie mit neugieriger Stimme.

»Genau, keine Party dieses Jahr.«

»Na ja, ich …«

»Danke für den Anruf, Aubie«, schnitt sie ihm schnell und leise das Wort ab und klappte ihr Handy zu.

»Was werdet ihr nicht benötigen?«, wollte Merry wissen, die ihr Gespräch abrupt beendet hatte und sich nun interessiert Nora zuwandte.

Vier

»Keine Party dieses Jahr?«, wiederholte Candi, während ihre Augen sich förmlich an Nora festsaugten. »Was ist los?«

Beiß die Zähne zusammen, ermahnte Nora sich selbst. Denk an Traumstrände, an das warme Meer, an zehn Tage im Paradies. »Oh, nichts Besonderes«, erklärte sie. »Wir machen dieses Jahr über Weihnachten eine Kreuzfahrt. Blair ist nicht da, und wir brauchen einfach etwas Erholung, wisst ihr.«

Auf einmal herrschte Totenstille im Café – zumindest kam es Nora so vor. Candi und Merry ließen die Neuigkeit stirnrunzelnd auf sich wirken. Nora klangen Luthers Worte in den Ohren, also ging sie in die Offensive. »Zehn Tage auf der *Island Princess*, einem Luxusliner. Die Bahamas, Jamaika, die Caymaninseln … Ich habe schon zwei Pfund abgenommen«, schob sie mit vergnügter Selbstgefälligkeit hinterher.

»Ihr feiert kein Weihnachten?«, stieß Merry ungläubig hervor.

»Das habe ich doch gerade gesagt!« Merry war immer schnell bereit, über andere ein Urteil zu fällen, daher hatte Nora schon vor Jahren gelernt zurückzubeißen. Nun straffte sie in Erwartung scharfer Worte die Schultern.

»Wie ist es denn möglich, Weihnachten einfach *nicht* zu feiern?«, fragte Merry.

»Nun, man lässt es eben ausfallen«, antwortete Nora, als sei damit alles erklärt.

»Das klingt herrlich«, sagte Candi.

»Was sollen wir denn dann an Heiligabend machen?«, fragte Merry.

»Euch wird schon etwas einfallen«, erwiderte Nora. »Es gibt doch noch andere Partys.«

Das Fest

»Aber keine wie eure.«

»Das ist lieb von dir.«

»Wann geht die Reise los?«, fragte Candi, die inzwischen von Stränden träumte und davon, einmal nicht die angeheiratete Verwandtschaft eine ganze Woche lang auf dem Hals zu haben.

»Am ersten Weihnachtstag. Um die Mittagszeit.« Nachdem Luther die Kreuzfahrt gebucht hatte, war Nora aufgefallen, dass dies ein merkwürdiger Reisetermin war. »Wenn wir Weihnachten sowieso nicht feiern wollen, warum fahren wir dann nicht ein paar Tage früher, Liebling?«, hatte sie gefragt. »Und ersparen uns auch noch Heiligabend? Vergessen wir doch einfach den ganzen verrückten Affentanz.«

»Was ist, wenn Blair an Heiligabend anruft?«, hatte er entgegnet. Außerdem hatte Biff einen Preisnachlass in Höhe von 399 Dollar herausgeholt, weil nur wenige Passagiere bereit waren, am fünfundzwanzigsten abzufliegen. Jedenfalls war die Reise gebucht und bezahlt und am Termin ließ sich nichts mehr ändern.

»Wieso lasst ihr die Party dann nicht einfach stattfinden wie immer?«, drängte Merry. Sie fürchtete, dass sie verpflichtet sein könnte, eine Ersatzfeier auszurichten.

»Weil wir nicht wollen, Merry. Wir machen mal Pause, o.k.? Wir überspringen ein Jahr. Kein Weihnachten, in welcher Form auch immer. Absolut nichts. Kein Baum, kein Truthahn, keine Geschenke. Wir verprassen das Geld dafür auf einer Kreuzfahrt. Kapiert?«

»Ich verstehe das«, warf Candi ein. »Ich wünschte, Norman würde auch mal auf eine solche Idee kommen. Aber das wird ihm im Traum nicht einfallen, er hätte Angst, mindestens zwanzig Football-Endspiele zu verpassen. Ich beneide dich ja so, Nora!«

Vier

Merry biss in ihr Avocado-Sandwich und blickte sich kauend im Café um. Nora wusste genau, was sie dachte. Wem erzähle ich das zuerst? Die Kranks lassen Weihnachten ausfallen! Keine Party! Kein Baum! Stattdessen werden sie säckeweise Geld auf einer Kreuzfahrt verjubeln.

Auch Nora begann zu essen. Ihr war klar, dass ein Orkan von Tratsch durch das Café fegen würde, sobald sie zur Tür hinaus war. Noch vor dem Abendessen würde jeder Mensch in ihrer kleinen Welt von der Neuigkeit erfahren haben. Na und?, sagte sie zu sich selbst. Es war unvermeidlich, warum also eine große Sache daraus machen? Die eine Hälfte ihrer Bekannten würde reagieren wie Candi, vor Neid erblassen und gemeinsam mit Nora träumen. Die andere Hälfte würde sich auf Merrys Seite schlagen, scheinbar entsetzt von der Vorstellung, Weihnachten einfach zu ignorieren. Aber sogar in dieser Gruppe von Kritikern würden sie vermutlich viele insgeheim um die Reise beneiden.

Und außerdem – wen würde das in drei Monaten noch kümmern?

Nach ein paar Bissen schoben die drei Frauen ihre Sandwiches beiseite und holten den Papierkram für die Benefizauktion hervor. Das Thema Weihnachten wurde mit keiner Silbe mehr erwähnt – jedenfalls nicht in Noras Gegenwart. Als sie auf dem Heimweg war, rief sie Luther an und informierte ihn über ihren neuesten Etappensieg.

Luther war es an diesem Tag mal besser, mal schlechter ergangen. Seine fünfzig Jahre alte, dreifach geschiedene Sekretärin Dox hatte herumgewitzelt, dass sie sich die übliche Flasche billigen Parfüms wohl selbst kaufen müsse, wenn der Weihnachts-

Das Fest

mann in diesem Jahr nicht komme. Zweimal hatte man ihn Scrooge genannt, immer gefolgt von einem Lachsturm. Wie originell, dachte Luther.

Am späten Vormittag stürzte Yank Slader in Luthers Büro, als seien wütende Klienten hinter ihm her. Bevor er die Tür schloss und Platz nahm, spähte er noch einmal auf den Flur hinaus. »Du bist ein Genie, alter Junge«, sagte er beinahe im Flüsterton. Yank war Fachmann für Abschreibungen, fürchtete sich vor seinem eigenen Schatten und arbeitete gern achtzehn Stunden am Tag, da er eine rabiate Frau zu Hause sitzen hatte.

»Wem sagst du das«, erwiderte Luther.

»Ich bin gestern Abend erst spät heimgefahren, habe gewartet, bis meine Angetraute im Bett war, und dann dasselbe gemacht wie du. Rechnungen addiert, Kontoauszüge durchgesehen – das ganze Drum und Dran. Ich bin auf fast sieben Riesen gekommen! Wie viel hat dich der Spaß gekostet?«

»Knapp über sechstausend.«

»Unglaublich. Und dann hat man noch nicht mal etwas davon! Das macht mich krank.«

»Geh auf eine Kreuzfahrt«, bemerkte Luther, der ganz genau wusste, dass Yanks Frau sich niemals auf eine solche Dummheit einlassen würde. Für sie begann die Weihnachtszeit gegen Ende Oktober und gewann danach ständig an Schwung, bis zum großen Finale am ersten Weihnachtstag, einem Zehn-Stunden-Marathon mit vier Festessen und dem ganzen Haus voller Gäste.

»Eine Kreuzfahrt«, murmelte Yank vor sich hin. »Ich kann mir nichts Schlimmeres vorstellen. Zehn Tage auf einem Schiff mit Abigail ... Ich würde sie über Bord werfen.«

Vier

Und daraus würde dir niemand einen Vorwurf machen, dachte Luther.

»Siebentausend Dollar«, wiederholte Yank.

»Lächerlich, nicht wahr?«, entgegnete Luther, und dann hielten die beiden Steuerberater einen Moment lang schweigend inne und trauerten um ihr schwer verdientes, verschwendetes Geld.

»Ist das deine erste Kreuzfahrt?«, fragte Yank.

»Ja.«

»Ich habe auch noch nie eine gemacht. Ob die wohl Singles an Bord haben?«

»Bestimmt. Es gibt keine Vorschrift, dass man in Begleitung reisen muss. Denkst du darüber nach, allein zu fahren, Yank?«

»Darüber denke ich nicht nach, Luther – davon *träume* ich.« Yank ließ seiner Fantasie freien Lauf, und in seinen tief liegenden Augen lag ein Hauch von Hoffnung, von Freude, von irgendetwas, das Luther noch nie zuvor an ihm gesehen hatte. Er schien durch das Büro zu schweben und in Gedanken durch die Karibik zu kreuzen, ganz allein, ohne Abigail.

Luther hörte schweigend zu, während sein Kollege laut träumte. Schon bald wurden diese Träume allerdings ein wenig peinlich. Glücklicherweise klingelte Luthers Telefon und holte Yank mit einem Ruck zurück auf den Boden der Tatsachen, in eine öde Welt voller Amortisationstabellen und zänkischer Ehefrauen. Er stand auf und schien ohne ein weiteres Wort gehen zu wollen. Doch an der Tür drehte er sich noch einmal um und sagte: »Du bist mein Held, Luther.«

❄

Das Fest

Vic Frohmeyer war die Geschichte von Mr Scanlon zugetragen worden, dem Pfadfinderführer, außerdem noch von der Nichte seiner Frau, die mit einem Mädchen zusammenwohnte, das als Aushilfe in Aubies *Kürbiskern* arbeitete, sowie von einem Kollegen an der Universität, dessen Bruder sich von jemandem bei Wiley & Beck die Steuererklärung machen ließ. Drei verschiedene, voneinander unabhängige Quellen – also musste an dem Gerücht etwas dran sein. Krank konnte natürlich tun, was ihm Spaß machte, aber Vic und die übrigen Nachbarn in der Hemlock Street würden sich das verdammt noch mal nicht so ohne weiteres gefallen lassen.

Frohmeyer war der selbst ernannte Wächter von Hemlock. Da er in seinem Job an der Universität eine ruhige Kugel schob, blieb ihm genug Zeit, sich in alles einzumischen und mit grenzenloser Energie Veranstaltungen jeglicher Art zu organisieren. Durch seine sechs Kinder hatte sich sein Haus zum unbestrittenen Stammtreffpunkt entwickelt. Die Türen standen stets offen, irgendein Spiel war immer im Gange. Was zur Folge hatte, dass sein Rasen ziemlich schlapp aussah, auch wenn Frohmeyer viel Mühe auf die Blumenbeete verwendete.

Es war Frohmeyer, der Stadtratskandidaten in die Hemlock Street brachte, wo sie auf Grillfesten in seinem Garten ihre Wahlkampfversprechungen loswerden konnten. Es war Frohmeyer, der mit Petitionen die Runde machte, an jede Tür klopfte und Unterschriften sammelte – sei es gegen ein Bauvorhaben, für eine Schulpartnerschaft, gegen eine geplante vierspurige (und kilometerweit entfernte) Straße oder für ein neues Abwassersystem. Es war Frohmeyer, der bei der Müllabfuhr anrief, wenn die

Vier

Tonnen eines Nachbarn nicht geleert worden waren, und eben weil es Frohmeyer war, wurde die Angelegenheit schnellstens erledigt. Ein streunender Hund, womöglich aus einer der angrenzenden Straßen – Vic Frohmeyer griff zum Telefon, und sofort war jemand vom Tierheim zur Stelle. Ein streunender Jugendlicher, womöglich mit langen Haaren, Tätowierungen und dem stechenden Blick des typischen Kriminellen – Frohmeyer rief die Polizei, die den Betreffenden unverzüglich festnagelte und ausfragte.

Ein Krankenhausaufenthalt eines der Bewohner der Hemlock Street – die Frohmeyers arrangierten Besuche, kümmerten sich um den Einkauf und sogar um die Rasenpflege. Ein Sterbefall – sie besorgten Blumen für die Beerdigung und organisierten Fahrten zum Friedhof. Ein Nachbar in Not konnte sich immer an die Frohmeyers wenden.

Auch die Frostys waren Vics Idee gewesen, selbst wenn er nicht den ganzen Ruhm dafür einstreichen konnte, weil er sie zuvor in einem Vorort von Evanston gesehen hatte. Auf jedem Haus der Straße der gleiche Frosty – ein zwei Meter vierzig hoher Schneemann mit einem schwarzen Zylinder auf dem Kopf, einer Pfeife sowie einem dämlichen Grinsen im Gesicht und einer dicken Fettrolle um die Mitte. Das Ganze leuchtete dank einer Zweihundert-Watt-Birne irgendwo in der Nähe von Frostys Dickdarm strahlend weiß. Die Hemlock-Frostys hatten sechs Jahre zuvor mit überwältigendem Erfolg ihr Debüt gegeben – einundzwanzig Häuser auf der einen Seite, einundzwanzig auf der anderen, die Straße erhellt von zwei vollkommen symmetrischen Reihen von Frostys in zwölf Metern Höhe. Auf der Titelseite

Das Fest

der örtlichen Zeitung war ein netter Artikel mit Farbfoto erschienen. Zwei Lokalsender hatten Live-Berichte ausgestrahlt.

Im folgenden Jahr hatten die Bewohner der südlich angrenzenden Stanton Street und der nördlich gelegenen Ackerman Street die Herausforderung angenommen und Rudolph, das kleine Rentier, beziehungsweise silberne Glocken auf ihre Dächer montiert. Auf sanften Druck von Frohmeyer schließlich hatte ein Komitee des für Grünanlagen und Spielplätze zuständigen Amtes damit begonnen, Preise für die schönste Weihnachtsdekoration zu vergeben.

Vor zwei Jahren war allerdings eine Katastrophe über Hemlock hereingebrochen. Sturmböen hatten die meisten Frostys aus ihrer Verankerung gerissen und im gesamten Stadtviertel verteilt. Frohmeyer jedoch hatte die Nachbarn zusammengetrommelt und erneut eingeschworen, woraufhin im vergangenen Jahr etwas kleinere Ausgaben des Schneemannes die Dächer geziert hatten. Nur zwei Häuser hatten sich nicht daran beteiligt.

Jahr für Jahr war es Frohmeyer, der den Termin für die Auferstehung der Frostys festlegte, und nachdem er nun die Gerüchte um Krank und seine Kreuzfahrt gehört hatte, beschloss er, dass der Tag gekommen war. Nach dem Abendessen tippte er ein kurzes Memo für die Nachbarn (was er mindestens zweimal pro Monat tat), druckte einundvierzig Exemplare aus und schickte seine sechs Kinder damit los. Die Notiz lautete: »An alle Nachbarn – Die Wettervorhersage für morgen ist gut, eine ausgezeichnete Gelegenheit, Frosty wieder aufleben zu lassen. Ruft Marty, Judd oder mich an, wenn ihr Hilfe benötigt – Vic Frohmeyer.«

Vier

Ein lächelndes Kind überreichte Luther das Memo.

»Wer war das?«, rief Nora aus der Küche.

»Frohmeyer.«

»Worum geht es?«

»Um Frosty.«

Nora kam ins Wohnzimmer geschlendert, wo Luther das halbe Blatt Papier in der Hand hielt, als handele es sich um eine Berufung zum Geschworenen. Die beiden warfen einander einen bangen Blick zu, dann schüttelte Luther langsam den Kopf.

»Du musst es tun«, sagte sie.

»Nein, das muss ich nicht«, widersprach er energisch und wurde dabei mit jedem Wort wütender. »Das muss ich ganz gewiss nicht! Ich lasse mir nicht von Vic Frohmeyer sagen, dass ich mein Haus weihnachtlich zu dekorieren habe.«

»Es geht doch nur um Frosty.«

»Nein, es geht um viel mehr.«

»Worum denn?«

»Es geht ums Prinzip, Nora. Begreifst du das nicht? Wenn wir Weihnachten vergessen wollen, dann ist das verdammt noch mal unsere eigene Entscheidung, und...«

»Nicht fluchen, Luther.«

»... und niemand, auch nicht Vic Frohmeyer, kann uns daran hindern.« Lauter: »Ich lasse mich zu nichts zwingen!« Luther hob die Faust in Richtung Decke und schwenkte gleichzeitig mit der anderen Hand das Memo. Nora zog sich in die Küche zurück.

Fünf

Ein Hemlock-Frosty bestand aus vier Einzelteilen: einem breiten, runden Sockel, einer dicken Kugel, die in den Sockel gesteckt wurde, einer kleineren Kugel für den Oberkörper und dem Kopf mit Hut. Da man jedes Teil im nächstgrößeren verschwinden lassen konnte, stellte die Lagerung in den übrigen elf Monaten des Jahres kein besonderes Problem dar. Und da der Preis für einen Frosty 82,99 Dollar plus Versandkosten betrug, wurden die Schneemänner am Ende der Weihnachtszeit immer sehr sorgfältig weggepackt.

Und wurden nun voller Entzücken wieder hervorgeholt. Den ganzen Nachmittag über wurden in den Garagen entlang der Hemlock Street Frostys abgestaubt und überprüft. Dann wurden sie zusammengebaut, genau wie ein richtiger Schneemann,

Fünf

Kugel auf Kugel, bis sie zwei Meter zehn hoch waren und bereit für das Dach.

Die Montage war keine einfache Sache. Man benötigte eine Leiter, ein Seil und die Hilfe eines Nachbarn. Zuerst musste man mit dem Seil um die Taille auf das Dach klettern und dann den Frosty, der aus Hartplastik bestand und ungefähr vierzig Pfund wog, hochziehen, sehr vorsichtig, damit die Schindeln ihn nicht zerkratzten. Sobald Frosty den Gipfel erreicht hatte, band man ihn am Schornstein fest, mit einem Segeltuchriemen, den Vic Frohmeyer persönlich entwickelt hatte. Danach schraubte man die Zweihundert-Watt-Birne in Frostys Eingeweide und ließ ein Verlängerungskabel an der Rückseite des Hauses hinunter.

Wes Trogdon war Versicherungsmakler und hatte sich krank gemeldet, um als Erster in der Hemlock Street seinen Frosty aufbauen zu können. Er wollte damit seine Kinder überraschen. Kurz nach dem Mittagessen machten er und seine Frau Trish sich an die Arbeit. Sie säuberten den Schneemann, dann erklomm Wes unter Trishs strenger Aufsicht das Dach und rang mit Frosty, bis er die Mission zu einem erfolgreichen Ende geführt hatte. In zwölf Metern Höhe blickte Wes die Straße hinauf und hinunter und war ausgesprochen zufrieden mit sich, weil er allen anderen – einschließlich Frohmeyer – zuvorgekommen war.

Während Trish Kakao kochte, schleppte Wes kistenweise Lichterketten aus dem Keller, breitete sie in der Auffahrt aus und kontrollierte die Glühbirnen und Schalter. Niemand auf der Hemlock Street verteilte mehr Lichterketten als die Trogdons. Sie säumten damit ihren Garten, wickelten sie um die Sträucher, behängten damit die Bäume, zeichneten mit Lichterketten die

Das Fest

Umrisse ihres Hauses nach, befestigten sie rings um die Fenster – im Jahr zuvor waren es vierzehntausend Birnen gewesen.

Frohmeyer machte an diesem Tag ein paar Stunden früher Feierabend, um die Aktivitäten in seiner Straße überwachen zu können, und freute sich sehr über das geschäftige Treiben ringsum. Einen Augenblick lang nahm er es Trogdon übel, dass er ihn ausgestochen hatte. Aber war das am Ende wirklich wichtig? Es dauerte nicht lange, bis sich die beiden zusammentaten, um Mrs Ellen Mulholland zu helfen, einer reizenden Witwe, die bereits Schokoplätzchen backte. Ihr Frosty war im Nu auf dem Dach, und die Plätzchen waren ebenso schnell verschlungen. Dann verabschiedeten sich die Männer, um woanders Hilfe zu leisten. Kinder schlossen sich ihnen an, darunter der zwölf Jahre alte Spike Frohmeyer, der das Organisationstalent seines Vaters sowie dessen Sinn für Gemeinschaftsaktivitäten geerbt hatte. Den ganzen Spätnachmittag über gingen sie mit anderen von Tür zu Tür und beeilten sich, vor Anbruch der Dunkelheit mit allem fertig zu sein.

Spike klingelte auch bei den Kranks an der Haustür, doch niemand öffnete. Mr Kranks Lexus war nirgends zu sehen, was um fünf Uhr nachmittags allerdings nicht ungewöhnlich war. Aber Mrs Kranks Audi stand in der offenen Garage, ein sicheres Zeichen dafür, dass sie zu Hause war. Die Vorhänge waren zugezogen, die Jalousien heruntergelassen. Immer noch kam niemand an die Tür, also zog der ganze Trupp weiter zum Haus der Beckers, wo Ned gerade seinen Frosty säuberte, während seine Schwiegermutter ihm von der Vordertreppe aus Anweisungen zublaffte.

Fünf

»Sie gehen jetzt«, flüsterte Nora im Schlafzimmer in den Telefonhörer.

»Warum flüsterst du?«, fragte Luther mit einiger Erregung.

»Weil ich nicht will, dass sie mich hören.«

»Wer ist es?«

»Vic Frohmeyer, Wes Trogdon, dieser Brixley vom anderen Ende der Straße, glaube ich, und ein paar Kinder.«

»Ein regelrechter Schlägertrupp, was?«

»Eher eine Straßengang. Sie sind gerade bei den Beckers.«

»Gott steh ihnen bei.«

»Wo ist unser Frosty?«

»Immer noch da, wo wir ihn im Januar verstaut haben, nehme ich an. Wieso?«

»Ach, ich weiß nicht.«

»Das ist wirklich seltsam, Nora. Du verriegelst das Haus und flüsterst am Telefon, weil einige unserer Nachbarn von Tür zu Tür gehen, um anderen Nachbarn beim Aufstellen eines albernen, zwei Meter zehn hohen Plastikschneemannes zu helfen, der im Übrigen absolut nichts mit Weihnachten zu tun hat. Hast du schon einmal darüber nachgedacht, Nora?«

»Nein.«

»Außerdem haben wir beide damals für Rudolph, das kleine Rentier gestimmt, erinnerst du dich?«

»Nein.«

»Das ist doch lustig!«

»Darüber kann ich gar nicht lachen.«

»Frosty macht dieses Jahr eine Pause, in Ordnung? Die Antwort ist nein.«

Das Fest

Luther legte behutsam auf und versuchte, sich auf seine Arbeit zu konzentrieren. Nach Einbruch der Dunkelheit fuhr er langsam nach Hause und sagte sich immer wieder, dass es lächerlich war, sich von dermaßen trivialen Dingen wie einem Schneemann auf dem Dach aus dem Gleichgewicht bringen zu lassen. Den gesamten Weg über musste er an Walt Scheel denken.

»Komm schon, Scheel«, murmelte er vor sich hin. »Lass mich nicht im Stich.«

Walt Scheel war Luthers Rivale in der Hemlock Street, ein grantiger Mann, der im Haus direkt gegenüber wohnte. Seine beiden Kinder hatten das College absolviert, seine Frau kämpfte gegen Brustkrebs, er selbst hatte einen mysteriösen Job bei einem belgischen Konzern und lag mit seinem Einkommen im oberen Bereich von Hemlock. Doch gleichgültig, wie viel Scheel verdiente – er und seine bessere Hälfte wollten die Nachbarn glauben machen, dass es noch sehr viel mehr war. Wenn Luther sich einen Lexus kaufte – musste Scheel auch einen haben. Bellington leistete sich einen Swimmingpool – plötzlich musste auch Scheel im eigenen Garten schwimmen können, angeblich auf ärztlichen Rat hin. Sue Kropp am westlichen Ende der Straße ließ ihre Küche mit Designergeräten ausstatten (angeblich für 8.000 Dollar) – sechs Monate später gab Bev Scheel 9.000 Dollar für eine neue Küche aus.

Bev war schon immer eine schlechte Köchin gewesen, aber nach der Renovierung schmeckten die Ergebnisse ihrer Kochkunst Zeugenaussagen zufolge sogar eher noch schlechter.

Die Brustkrebsdiagnose achtzehn Monate zuvor hatte Walt

Fünf

und Bevs Überheblichkeit allerdings einen Dämpfer verpasst. Die Scheels waren tief gefallen. Auf einmal war es nicht mehr wichtig, die Nachbarn ständig zu übertrumpfen, und auch viele andere Dinge verloren ihre Bedeutung. Die beiden ertrugen die Krankheit mit stiller Würde und wurden natürlich von ganz Hemlock Street unterstützt, als wären alle eine große Familie. Ein Jahr nach der ersten Chemotherapie hatte in Walts dubiosem belgischen Konzern eine Umstrukturierung stattgefunden. Was auch immer Walts Job gewesen war – nun verdiente er weniger.

Im vergangenen Jahr waren die Scheels zu verzweifelt gewesen, um ihr Haus weihnachtlich zu dekorieren. Kein Frosty, so gut wie kein Baum, nur ein paar Lichter im Fenster – ein wehmütiger Anklang.

Im Jahr davor waren sogar *zwei* Häuser in der Hemlock Street ohne Schneemann geblieben – das der Scheels und ein Haus am westlichen Ende, das einem pakistanischen Ehepaar gehörte. Das Paar hatte drei Monate lang darin gewohnt und war dann wieder fortgezogen. Danach hatte das Haus leer gestanden und sollte verkauft werden. Frohmeyer hatte tatsächlich darüber nachgedacht, einen weiteren Frosty zu bestellen und in einer Nacht-und-Nebel-Aktion auf dem Dach des unbewohnten Hauses zu montieren.

»Hör zu, Scheel«, murmelte Luther, während er im Stau stand. »Lass deinen Frosty auch im Keller.«

Vor sechs Jahren, als Frohmeyer die Idee mit den Schneemännern ausgebrütet hatte, war die Sache ja noch originell gewesen. Mittlerweile war sie jedoch einfach nur noch langweilig. Allerdings nicht für die Kinder in der Straße, das musste Luther

Das Fest

zugeben. Und als der Sturm vor zwei Jahren die Dächer abgeräumt und die Frostys in der halben Stadt verteilt hatte, hatte sich Luther selbst insgeheim großartig amüsiert.

Er bog in die Hemlock Street ein. So weit er sehen konnte, thronten die gesamte Straße entlang Schneemänner wie leuchtende Wachposten auf den Häusern. Es gab nur zwei Lücken – bei den Scheels und bei den Kranks. »Scheel, ich danke dir«, flüsterte Luther, während Kinder an ihm vorbeiradelten, Nachbarn Lichterketten befestigten und sich über Hecken hinweg miteinander unterhielten.

Luther stellte den Wagen ab und hastete ins Haus, wobei er bemerkte, dass sich einige Leute in Scheels Garage versammelt hatten. Und tatsächlich – wenige Minuten später wurde eine Leiter ans Haus gelehnt, und Frohmeyer kletterte hinauf wie ein altgedienter Dachdecker. Luther spähte durch die Jalousie an seiner Haustür. Walt Scheel stand mit einem Dutzend Nachbarn in seinem Vorgarten und Bev auf der Eingangstreppe, eingehüllt in einen warmen Mantel. Spike Frohmeyer kämpfte gerade mit dem Verlängerungskabel. Geschrei und Gelächter erklang, und während Frohmeyer den vorletzten Frosty der Hemlock Street an seinen Platz hievte, wurden ihm von überall her Anweisungen zugerufen.

Das Abendessen – Nudeln ohne Sauce und Hüttenkäse – verlief sehr schweigsam. Nora hatte schon drei Pfund abgenommen, Luther vier. Nach dem Abwasch stieg er im Keller auf das Laufband und betrieb fünfzig Minuten lang Walking, wobei er 340 Kalorien verbrannte – mehr, als er vorher zu sich genommen hatte. Danach duschte er und versuchte zu lesen.

Fünf

Als die Luft auf der Straße rein war, trat er zu einem Spaziergang vor die Tür. Er würde sich nicht zum Gefangenen in seinem eigenen Haus machen lassen. Er würde sich nicht vor seinen Nachbarn verstecken. Er brauchte sich vor diesen Leuten nicht zu fürchten.

Doch als er die beiden adretten Reihen von Schneemännern betrachtete, die über der stillen Straße Wache hielten, überkam ihn ein leichtes Schuldgefühl. Die Trogdons schmückten gerade ihren Baum, was in ihm Erinnerungen an Blairs Kindheit und weit zurückliegende Zeiten weckte. Luther neigte nicht zu Nostalgie. Er pflegte immer zu sagen, dass man sein Leben heute lebte, nicht morgen und vor allem nicht gestern. Deshalb wurden auch jetzt die schönen Erinnerungen schnell von Gedanken an Einkaufsstress, Verkehrsstaus und Geldverschwendung verdrängt. Luther war sehr stolz auf seine Entscheidung, das alles in diesem Jahr nicht mitzumachen.

Sein Gürtel saß ein bisschen lockerer. Der Strand wartete schon.

Aus dem Nichts rauschte ein Fahrrad heran und kam rutschend zum Stehen. »Hallo, Mr Krank.«

Es war Spike Frohmeyer, zweifellos auf dem Nachhauseweg von irgendeinem Geheimtreffen. Der Junge schlief sehr viel weniger als sein Vater, und in der Nachbarschaft kursierten einige Geschichten über Spikes nächtliche Streifzüge. Er war ein netter Junge, aber seine Eltern vergaßen es für gewöhnlich, ihm seine Medikamente zu verabreichen.

»Hallo, Spike«, erwiderte Luther und holte tief Luft. »Was treibt dich denn noch nach draußen?«

Das Fest

»Ich checke nur mal die Lage«, entgegnete er, als sei er der amtliche Nachtwächter.

»Was genau meinst du damit, Spike?«

»Mein Dad hat gesagt, ich soll rüber zur Stanton Street fahren und nachsehen, wie viele Rentiere auf den Dächern sind.«

»Und wie viele sind es?«, heuchelte Luther Interesse.

»Noch gar keine. Wir haben sie wieder mal abgezogen.«

Wahrscheinlich werden die Frohmeyers die ganze Nacht lang ihren Triumph feiern, dachte Luther. Lächerlich.

»Stellen Sie Ihren Frosty auch auf, Mr Krank?«

»Nein, Spike. Wir fahren dieses Jahr an Weihnachten weg und lassen es sozusagen ausfallen.«

»Ich hab nicht gewusst, dass das überhaupt geht.«

»Dies ist ein freies Land, Spike. Man kann hier fast alles tun, was man will.«

»Sie fahren aber erst am ersten Weihnachtstag«, sagte Spike.

»Was?«

»Um zwölf Uhr mittags herum, habe ich gehört. Also lohnt es sich doch, Frosty aufzubauen. Dann gewinnen wir vielleicht wieder den Preis.«

Luther zögerte eine Sekunde lang und wunderte sich einmal mehr über die Geschwindigkeit, mit der Privatangelegenheiten in der gesamten Nachbarschaft verbreitet wurden.

»Dem Gewinnen wird in unserer Gesellschaft viel zu große Bedeutung beigemessen, Spike«, sagte er weise. »Soll dieses Jahr ruhig mal eine andere Straße die Auszeichnung bekommen.«

»Vielleicht haben Sie Recht.«

»Und jetzt ab mit dir.«

Fünf

Spike radelte davon und rief über die Schulter hinweg: »Bis dann!«

Luther schlenderte weiter. Frohmeyer senior lag allerdings schon auf der Lauer. Er lehnte auf dem Briefkasten am Ende seiner Auffahrt und sagte: »'n Abend, Luther«, als würden sie sich rein zufällig begegnen.

»'n Abend, Vic«, erwiderte Luther und wäre beinahe stehen geblieben. In allerletzter Sekunde beschloss er jedoch, einfach weiterzubummeln. Frohmeyer trottete hinter ihm her.

»Wie geht es Blair?«

»Sehr gut, danke der Nachfrage. Was machen deine Kinder?«

»Die sind in Hochstimmung. Das ist ja auch die schönste Zeit des Jahres, findest du nicht?« Frohmeyer hatte einen Schritt zugelegt, so dass die beiden nun Seite an Seite gingen.

»Auf jeden Fall. Allerdings vermisse ich Blair. Ohne sie wird es nicht dasselbe sein.«

»Natürlich nicht.«

Sie machten vor dem Haus der Beckers Halt und beobachteten, wie der arme Ned schwankend auf der obersten Sprosse der Leiter stand und vergeblich versuchte, einen überdimensionalen Stern an der Spitze des Baums zu befestigen. Seine Frau versorgte ihn offenbar mit hilfreichen Anweisungen, kam aber nicht auf den Gedanken, die Leiter festzuhalten. Seine Schwiegermutter war ein paar Schritte zurückgetreten, um sich einen besseren Überblick zu verschaffen. Es schien, als würde jeden Moment ein Faustkampf ausbrechen.

»Es gibt allerdings einige Dinge an Weihnachten, die ich bestimmt nicht vermissen werde«, bemerkte Luther.

Das Fest

»Du lässt es also wirklich ausfallen?«

»Du hast es erfasst, Vic. Ich wäre dankbar, wenn du dafür Verständnis hättest.«

»Nun, ich habe das Gefühl, dass das einfach nicht richtig ist.«

»Es ist aber nicht deine Entscheidung, oder?«

»Nein, das stimmt.«

»Gute Nacht, Vic.« Luther ließ Frohmeyer stehen und ging die paar Schritte zu seinem Haus zurück. Er musste immer noch über die Beckers lächeln.

Sechs

Die Diskussionsrunde am späten Vormittag im Frauenhaus nahm kein gutes Ende für Nora, denn Claudia, mit der sie bestenfalls locker befreundet war, platzte plötzlich heraus: »Dieses Jahr gibt es also keine Party an Heiligabend, Nora?«

Von den außer Nora anwesenden sieben Frauen waren in der Vergangenheit exakt vier zu ihren Weihnachtspartys eingeladen worden. Die anderen drei hätten sich im Moment am liebsten im nächstbesten Loch verkrochen – genau wie Nora.

Du ungehobelte kleine Schlampe, dachte Nora. Laut erwiderte sie jedoch schnell: »Nein, tut mir Leid. Wir setzen mal ein Jahr aus.« Sie hätte gern noch hinzugefügt: »Und falls wir jemals wieder eine Party geben, würde ich an deiner Stelle nicht auf eine Einladung warten, liebste Claudia.«

Das Fest

Jayne, eine der drei Ausgeschlossenen, versuchte das Thema zu wechseln. »Ich habe gehört, dass ihr eine Kreuzfahrt machen wollt.«

»Das stimmt, wir reisen am ersten Weihnachtstag ab.«

»Bei euch fällt also das gesamte Weihnachtsfest flach?«, fragte Beth, eine flüchtige Bekannte, die nur deshalb jedes Jahr eingeladen wurde, weil die Firma ihres Mannes Geschäftsbeziehungen zu Wiley & Beck pflegte.

»Ja, von A bis Z«, entgegnete Nora aggressiv, während sich ihr Magen zusammenzog.

»Eine ausgezeichnete Methode, um Geld zu sparen«, warf Lila ein, das größte Miststück der Truppe. Dabei betonte sie das Wort »Geld«, als sei es um die Finanzen im Hause Krank schlecht bestellt. Noras Wangen röteten sich. Lilas Mann war Kinderarzt. Luther hatte aus sicherer Quelle erfahren, dass die beiden hoch verschuldet waren – ein großes Haus, teure Autos, Mitgliedschaften in Country Clubs. Sie verdienten viel und gaben noch mehr aus.

Apropos Luther – wo war *er* eigentlich während dieser furchtbaren Minuten? Warum bekam nur sie die Auswirkungen seines dämlichen Plans mit voller Wucht zu spüren? Wieso stand sie an vorderster Front, während er selbstgefällig in seinem ruhigen Büro saß und sich nur mit Menschen befassen musste, die entweder für ihn arbeiteten oder Angst vor ihm hatten? Wiley & Beck war ein gemütlicher Altherrenclub, ein Haufen von spießigen, knickerigen Buchhaltern, die Luther wahrscheinlich für seinen Mut feierten, Weihnachten zu verreisen und so ein paar Dollar einzusparen. Wenn seine Totalverweigerung irgendwo zum Trend werden konnte, dann ganz gewiss in dieser Branche.

Sechs

Während Nora wieder einmal dem Trommelfeuer ausgesetzt war, widmete sich Luther unbehelligt seiner Arbeit und spielte womöglich den Helden.

Es waren die Frauen, die sich um die Pflichten zu Weihnachten kümmerten, nicht die Männer. Frauen kauften ein, dekorierten und kochten, planten Partys, verschickten Karten und machten sich über Dinge Sorgen, die Männern niemals in den Sinn kämen. Warum war Luther eigentlich so sehr darauf erpicht, sich vor Weihnachten zu drücken, wenn er ohnehin kaum Arbeit in das Fest investierte?

Nora kochte innerlich, hielt sich jedoch zurück. Es machte keinen Sinn, im Frauenhaus eine Schlägerei mit Frauen anzufangen.

Jemand aus der Runde beantragte, die Sitzung zu vertagen, und Nora stürmte als Erste aus dem Raum. Während der Heimfahrt steigerte sich ihre Wut noch – auf Lila und ihren dummen Kommentar, auf ihren Ehemann und seinen Egoismus. Die Versuchung war groß, auf der Stelle zu kapitulieren, eine Einkaufsorgie zu veranstalten und das gesamte Haus zu dekorieren, bevor Luther von der Arbeit kam. Innerhalb von zwei Stunden konnte sie einen fertig geschmückten Weihnachtsbaum im Wohnzimmer stehen haben. Und es war auch noch nicht zu spät, die Party zu planen. Frohmeyer würde sich mit Freuden um ihren Frosty kümmern. Und das Geld für die Kreuzfahrt konnten sie wieder hereinholen, indem sie sich bei den Geschenken und einigen anderen Dingen einschränkten.

Nora bog in die Hemlock Street ein. Natürlich stach ihr als Erstes die Tatsache ins Auge, dass sich nur bei einem einzigen Haus kein Schneemann auf dem Dach befand. Luther hatte es

Das Fest

geschafft. Ihr hübsches, zweistöckiges Backsteinhaus stand isoliert da, als wären die Kranks Hindus oder Buddhisten oder gehörten irgendeiner Sekte an, die nicht Weihnachten feiert.

Nora trat ins Wohnzimmer und blickte quer durch den Raum zum vorderen Fenster, vor dem bisher jedes Jahr ein wunderschöner Weihnachtsbaum gestanden hatte. Zum ersten Mal fiel ihr auf, wie kalt das ungeschmückte Haus wirkte. Sie biss sich auf die Lippen und griff nach dem Telefon, doch Luthers Sekretärin teilte ihr mit, dass er gerade eine Kleinigkeit essen gegangen sei. Nora sah den Stapel mit der Post durch und entdeckte zwischen zwei Urlaubskarten etwas, das sie abrupt innehalten ließ. Luftpost aus Peru. Spanische Wörter waren auf die Vorderseite gestempelt.

Nora setzte sich hin und riss den Umschlag auf. Zwei Seiten in Blairs hübscher Handschrift. Jedes Wort war kostbar.

Es gefiel ihr sehr gut in der Wildnis von Peru. Sie konnte sich gar nichts Besseres vorstellen, als bei einem Indianerstamm zu leben, den es schon seit einigen tausend Jahren gab. An US-amerikanischen Maßstäben gemessen waren die Indianer zwar bettelarm, aber gesund und glücklich. Die Kinder hatten anfangs große Zurückhaltung an den Tag gelegt, waren dann aber zutraulicher geworden und ausgesprochen lernbegierig. Blair ließ sich lang und breit über die Kinder aus.

Sie teilte sich eine Strohhütte mit Stacy, einer neuen Freundin aus Utah. Ganz in der Nähe wohnten zwei weitere Freiwillige des Friedenskorps. Das Korps hatte die kleine Schule vier Jahre zuvor eröffnet. Wie dem auch sei – Blair war gesund, bekam genug zu essen, bisher waren noch keine schrecklichen Krankheiten aus-

Sechs

gebrochen oder gefährlichen Tiere aufgetaucht, und die Arbeit stellte eine Herausforderung dar.

Aus dem letzten Absatz konnte Nora die Kraft schöpfen, die sie so dringend benötigte. Er lautete:

Ich weiß, es wird schwer für euch sein, dass ich an Weihnachten nicht zu Hause bin, aber seid bitte nicht traurig. Die Kinder hier kennen Weihnachten gar nicht! Sie besitzen so wenig und haben so geringe Bedürfnisse, dass ich mich manchmal für den gedankenlosen Materialismus in unserer Gesellschaft schäme. Da es hier keine Kalender und keine Uhren gibt, werde ich wahrscheinlich sowieso nicht mitbekommen, wann genau Weihnachten ist.

(Und außerdem können wir nächstes Jahr alles nachholen, nicht wahr?)

So ein kluges Mädchen. Nora las den Abschnitt noch einmal und empfand plötzlich großen Stolz. Nicht nur, weil sie eine dermaßen gescheite und weitsichtige Tochter großgezogen hatte, sondern auch, weil sie selbst beschlossen hatte, dem gedankenlosen Materialismus dieser Gesellschaft zumindest in diesem Jahr abzuschwören.

Sie rief noch einmal in Luthers Büro an und las ihm den Brief vor.

❄

Montagabend im Einkaufszentrum! Nicht gerade Luthers Lieblingsort, aber er hatte den Eindruck, dass Nora ein wenig Ab-

Das Fest

lenkung benötigte. An einem Ende des Zentrums befand sich ein kleines Restaurant, das einem irischen Pub nachempfunden war. Dort aßen sie zu Abend. Dann kämpften sie sich durch das Gedränge zum Multiplex-Kino am anderen Ende, wo eine mit vielen Stars besetzte romantische Komödie Premiere hatte. Acht Dollar die Karte, und Luther wusste genau, was ihm bevorstand: zwei öde Stunden lang würden überbezahlte Idioten durch eine einfältige Handlung taumeln. Doch gleichgültig – Nora ging gern ins Kino, und er zockelte um des lieben Friedens willen mit. Trotz des Gewimmels im Einkaufszentrum lag der Kinosaal einsam und verlassen da. Als Luther klar wurde, dass all die anderen Menschen nur zum Einkaufen hergekommen waren, überlief ihn ein freudiger Schauer. Er machte es sich auf seinem Platz bequem und schlief ein.

Ein Ellbogen in seinen Rippen weckte ihn. »Du schnarchst«, zischte Nora ihm zu.

»Na und? Hier ist doch niemand außer uns.«

»Sei still, Luther.«

Er blickte auf die Leinwand, hatte jedoch schon nach fünf Minuten genug. »Ich komme gleich wieder«, flüsterte er und ging hinaus. Lieber stürzte er sich in die Menge und ließ sich auf die Füße treten, als sich solchen Schwachsinn anzusehen. Luther fuhr mit dem Fahrstuhl zur obersten Etage, stützte die Arme auf das Geländer und betrachtete das Chaos unter sich. Ein Weihnachtsmann saß auf einem Thron und hielt Hof. Die Schlange der anstehenden Kinder rückte nur sehr langsam vorwärts. Drüben auf der Eisbahn plärrte die Musik aus knisternden Lautsprechern, während Kinder in Elfenkostümen Schlittschuh lie-

Sechs

fen, immer rings um ein ausgestopftes Etwas, das offenbar ein Rentier darstellen sollte. Die Eltern beobachteten das Ganze durch die Sucher ihrer Videokameras. Ermattete, mit Tüten beladene Käufer schlurften vorbei, rempelten gegeneinander, brüllten ihre Kinder an.

Luther war noch nie so stolz gewesen.

Schräg gegenüber entdeckte er ein neues Geschäft für Sportartikel. Er schlenderte hinüber und konnte durch das Schaufenster erkennen, dass sich im Ladeninneren Horden von Menschen drängten und es eindeutig nicht genug Kassen gab. Doch er wollte sich ja lediglich einmal umsehen. Luther fand die Schnorchelausrüstungen im hinteren Teil des Geschäfts – eine ziemlich magere Auswahl, aber schließlich war es Dezember. Die Badehosen sahen durchweg atemberaubend eng aus und konnten eigentlich nur Olympiaschwimmern unter zwanzig Jahren passen. Eher kleine Beutel als Kleidungsstücke. Luther wagte es kaum, sie anzufassen. Er würde sich einen Katalog besorgen und von seinem sicheren Heim aus einkaufen.

Als er das Geschäft verließ, tobte an einer der Kassen gerade ein Streit. Offenbar war ein Artikel verschwunden, den sich ein Kunde hatte zurücklegen lassen. Was für Schwachköpfe!

Luther kaufte sich einen fettarmen Joghurt und schlug die Zeit damit tot, durch die oberste Etage zu bummeln und selbstgefällig die armen Seelen zu belächeln, die hier ihre Gehaltsschecks verschleuderten. Dann blieb er stehen und glotzte ein Poster an, auf dem lebensgroß ein hinreißendes junges Ding mit perfekt gebräunter Haut in einem String-Bikini abgebildet war. Es sollte ihn in ein kleines Sonnenstudio mit dem Namen *Ewige*

Das Fest

Bräune locken. Als handele es sich um einen Sexshop, warf Luther erst einen Blick in die Runde, ehe er hineinging. Eine gewisse Daisy wartete hinter einer Zeitschrift auf Kundschaft. Sie lächelte gezwungen, wobei ihr braunes Gesicht auf der Stirn und rings um die Augen Sprünge zu bekommen schien. Angesichts ihrer geweißten Zähne, blondierten Haare und gebräunten Haut fragte sich Luther eine Sekunde lang, wie sie wohl vorher ausgesehen hatte.

Wie zu erwarten verkündete Daisy, dass dies die beste Jahreszeit für den Kauf einer Dauerkarte sei. Das Weihnachtssonderangebot umfasse zwölf Besuche im Sonnenstudio für 60 Dollar. Jeden zweiten Tag eine Bestrahlung, von anfangs fünfzehn Minuten bis hin zur Höchstdauer von fünfundzwanzig Minuten. Danach würde Luther wunderbar gebräunt und zweifellos auf alles vorbereitet sein, was die karibische Sonne ihm an Strahlen entgegenschleudern könne.

Er folgte Daisy zu einer Reihe von Kabinen – durch dünne Wände voneinander abgetrennte, winzige Räume, in denen sich außer je einer Sonnenbank nicht viel befand. Das Studio sei mit hochmodernen schwedischen Bräunungsgeräten vom Typ Bronzomat FX-2000 ausgerüstet – als ob die Schweden alles übers Sonnenbaden wüssten! Auf den ersten Blick erfüllte der Bronzomat Luther mit Entsetzen. Daisy erklärte, man müsse sich einfach nur ausziehen – ja, komplett, schnurrte sie –, auf das Gerät legen und dann das obere Teil herunterziehen, was Luther sofort an ein Waffeleisen denken ließ. Fünfzehn oder zwanzig Minuten lang brutzeln, bis der Timer piept, den Deckel hochschieben, aufstehen und sich wieder anziehen. Kinderleicht.

Sechs

»Schwitzt man sehr?«, fragte Luther. Ihn schauderte es bei der Vorstellung, vollkommen entblößt dazuliegen, während achtzig Röhren seinen gesamten Körper brieten.

Daisy erwiderte, dass es durchaus ein wenig warm werde. Wenn man fertig sei, sprühe man die Liegefläche des Bronzomats einfach mit einem Spray ein und wische sie mit Papiertüchern ab, dann sei alles bereit für den nächsten Kunden.

»Wie sieht es mit dem Hautkrebsrisiko aus?«, erkundigte sich Luther. Daisy stieß ein gekünsteltes Lachen aus. Es gebe keines. Vielleicht bei den älteren Modellen, aber inzwischen sei die Technologie zur Herausfilterung ultravioletter Strahlen perfektioniert worden. Die Bronzomaten der neueren Generation seien sehr viel sicherer als die Sonne. Sie selbst lege sich nunmehr seit elf Jahren regelmäßig auf die Sonnenbank.

Deine Haut sieht auch aus wie gegerbt, dachte Luther.

Er kaufte zwei Dauerkarten für 120 Dollar und verließ das Sonnenstudio mit dem festen Entschluss, braun zu werden, auch wenn der Weg dahin noch so unangenehm sein mochte. Und bei der Vorstellung, wie Nora sich hinter einer hauchdünnen Wand auszog und in den Bronzomat legte, lachte er leise in sich hinein.

Sieben

Der Polizeibeamte hieß Salino und kam jedes Jahr vorbei. Er war korpulent und trug weder Waffe noch Weste. Auch Tränengas, Schlagstock, Taschenlampe, Handschellen und Funkgerät suchte man bei ihm vergebens – er wartete mit keinem der obligatorischen Spielzeuge auf, die seine Standesgenossen so gern an ihren Gürteln oder anderswo befestigten. Die Uniform stand Salino miserabel, aber da dies schon seit ewigen Zeiten so war, kümmerte es niemanden mehr. Er fuhr in den Vierteln rund um die Hemlock Street Streife, den wohlhabenden Vororten, wo gelegentliche Fahrraddiebstähle oder Geschwindigkeitsüberschreitungen die einzigen Vergehen darstellten.

An diesem Abend wurde Salino von einem massigen jungen Burschen mit breiter Kinnlade begleitet, dessen Stiernacken bei-

Sieben

nahe den Kragen seines marineblauen Hemds sprengte. Sein Name war Treen, und an Treen baumelten all die Kinkerlitzchen, auf die Salino stets verzichtete.

Sie klingelten bei den Kranks. Als Luther die beiden durch die Jalousie an der Haustür erspähte, dachte er unvermittelt an Frohmeyer. Frohmeyer konnte die Polizei schneller zur Hemlock Street beordern als der Polizeichef selbst.

Luther öffnete die Tür, ließ das übliche »Hallo« und »Guten Abend« vom Stapel und bat die beiden dann herein. Eigentlich wollte er sie gar nicht im Haus haben, aber er wusste genau, dass sie nicht eher gehen würden, bis sie das alljährliche Ritual durchexerziert hatten. Treen hielt eine schlichte weiße Verpackungsrolle umklammert, in der der Kalender steckte.

Nora, die noch vor einer Minute gemeinsam mit ihrem Mann vor dem Fernseher gesessen hatte, schien sich plötzlich in Luft aufgelöst zu haben, doch Luther war klar, dass sie sich in der Küche versteckte und von dort aus jedes Wort mithören würde.

Salino übernahm die Konversation – vermutlich, weil dieser Kleiderschrank von einem Partner über einen ziemlich beschränkten Wortschatz verfügte. Die Mitglieder des Polizeiverbands arbeiteten wieder einmal mit Hochdruck daran, wundervolle Dinge für die Allgemeinheit zu organisieren. Spielzeug für Steppkes. Präsentkörbe für die sozial Benachteiligten. Besuche vom Weihnachtsmann. Abenteuer auf der Eisbahn. Fahrten zum Zoo. Außerdem verteilten sie Geschenke an die alten Leute in den Pflegeheimen und an die Kriegsveteranen in der Psychiatrie. Luther kannte das alles schon.

Um einen Teil der Kosten für diese löblichen Projekte zu

Das Fest

decken, hatte der Verband auch diesmal wieder einen schönen Kalender für das nächste Jahr zusammengestellt, abermals mit Fotos, die Mitglieder beim Dienst am Bürger zeigten. Genau aufs Stichwort zückte Treen den Kalender, rollte ihn auseinander und blätterte die großformatigen Seiten um, während Salino kommentierte. Auf dem Bild für Januar war ein Verkehrspolizist zu sehen, der milde lächelnd Kindergartenkinder über die Straße winkte. Im Februar half ein Autobahnpolizist, der sogar noch massiger war als Treen, einem liegen gebliebenen Autofahrer beim Reifenwechsel. Irgendwie hatte auch er es während seiner Mühen geschafft, den Mund zu einem Lächeln zu verziehen. Das Märzblatt zeigte einen nächtlichen Unfall mit viel Blaulicht und drei Beamten, die sich stirnrunzelnd miteinander berieten.

Die Monate rauschten vorbei. Luther betrachtete die Fotos und die Aufmachung ohne ein Wort.

Wo sind die Tangas mit Leopardenmuster?, wollte er fragen. Und der dampfende Saunaraum? Und der Rettungsschwimmer, der nur ein Handtuch um die Hüfte trägt? Drei Jahre zuvor war der Verband dem Zeitgeschmack erlegen und hatte einen Kalender mit Aufnahmen seiner jüngeren und schlankeren Mitglieder herausgebracht, die alle so gut wie nackt posierten. Fünfzig Prozent der jungen Männer grinsten dämlich in die Kamera, die andere Hälfte bemühte sich um jenen gequälten Blick, der in der Modewelt gerade in war und besagen sollte: »Ich hasse es, Dressman zu sein.« Die Behörden stuften den Kalender praktisch als Pornografie ein, worauf ein großer Bericht auf den Titelseiten der örtlichen Zeitungen erschien.

Über Nacht brach damals ein beachtlicher Aufruhr aus. Der

Sieben

Bürgermeister wütete angesichts der Flut von Beschwerden, die im Rathaus eingingen. Der Vorsitzende des Polizeiverbands wurde gefeuert. Die noch nicht verkauften Kalender wurden eingezogen und verbrannt, eine Aktion, die der Lokalsender live übertrug.

Nora bewahrte ihr Exemplar im Keller auf und erfreute sich heimlich das ganze Jahr über daran.

Der Muskelprotz-Kalender wurde zu einem finanziellen Desaster für alle Beteiligten, aber er schürte das allgemeine Interesse. Im Jahr darauf verdoppelten sich die Verkaufszahlen beinahe.

Luther kaufte jedes Jahr ein Exemplar, aber nur, weil es von ihm erwartet wurde. Seltsamerweise gab es nirgendwo ein Preisschild, zumindest nicht an denjenigen Kalendern, die von Polizisten wie Salino und Treen persönlich überbracht wurden. Für den persönlichen Touch musste man tiefer in die Tasche greifen, und von Bürgern wie Luther wurde als zusätzliches Zeichen ihres guten Willens einfach erwartet, dass sie mehr Geld locker machten. So war es schon immer gewesen. Es war diese Art von Nötigung, von offenkundiger Bestechung, die Luther verabscheute. Im letzten Jahr hatte er dem Polizeiverband einen Scheck in Höhe von hundert Dollar ausgestellt. Aber nicht dieses Jahr.

Nachdem die Darbietung vorüber war, straffte sich Luther und sagte: »Ich brauche keinen Kalender.« Salino legte den Kopf schief und tat so, als habe er sich verhört. Treens dicker Hals schwoll noch weiter an.

Salinos Gesicht verzog sich zu einem süffisanten Grinsen. Mag sein, dass du keinen brauchst, sagte dieses Grinsen. Kaufen wirst du ihn trotzdem. »Und wie kommt das?«, fragte er.

Das Fest

»Ich habe schon genug Kalender für nächstes Jahr.« Das war Nora vollkommen neu. Sie stand hinter der Küchentür, knabberte an ihren Fingernägeln und hielt den Atem an.

»Aber keinen wie den«, grunzte Treen. Salino warf ihm einen Blick zu, der deutlich sagte: Halt die Klappe!

»Ich habe zwei Kalender in meinem Büro an der Wand und zwei auf meinem Schreibtisch«, verkündete Luther. »Einer hängt neben dem Telefon in der Küche. Meine Armbanduhr teilt mir jeden Tag das genaue Datum mit, genau wie mein Computer. Ich habe all die Jahre noch keinen einzigen Tag verpasst.«

»Das Geld kommt behinderten Kindern zugute, Mr Krank«, bemerkte Salino, wobei seine Stimme auf einmal weich und gefühlvoll klang. Nora stiegen Tränen in die Augen.

»Wir spenden schon für behinderte Kinder, Officer Salino«, konterte Luther. »Durch den Wohlfahrtsverband, unsere Kirche und unsere Steuern unterstützen wir so viele Gruppen von Bedürftigen, wie Sie überhaupt nur aufzählen können.«

»Sie sind also nicht stolz auf Ihre Polizei?«, warf Treen in ruppigem Tonfall ein und plapperte damit fraglos einen Spruch nach, den er Salino einmal bei jemand anderem hatte benutzen hören.

Luther hielt eine Sekunde lang inne, um seine Wut auszukosten. Als ob der Kauf eines Kalenders das einzige Maß war, mit dem sich sein Stolz auf die städtische Polizeitruppe messen ließ! Als ob er durch die Zahlung von Bestechungsgeld mitten in seinem Wohnzimmer bewies, dass er, Luther Krank, fest hinter den Jungs in Uniform stand!

»Ich habe im vergangenen Jahr dreizehnhundert Dollar Steu-

Sieben

ern gezahlt«, sagte er und richtete seine vor Ärger blitzenden Augen auf den jungen Treen. »Damit wurde zum Teil Ihr Gehalt finanziert. Und außerdem die Gehälter der Feuerwehrmänner, Krankenwagenfahrer, Lehrerinnen und Lehrer, Kanalarbeiter, Straßenkehrer, des Bürgermeisters und seines umfangreichen Stabs, der Richterinnen und Richter, Gerichtsvollzieher, Gefängniswärter, der Beamtinnen und Beamten im Rathaus und all der Beschäftigten drüben im Mercy Hospital. Sie alle leisten großartige Arbeit. Auch *Sie* leisten großartige Arbeit, Sir. Ich bin stolz auf alle Angestellten unserer Stadt. Aber was hat ein Kalender damit zu tun?«

Diese Frage war Treen natürlich noch nie präsentiert worden, daher hatte er keinerlei Erwiderung parat. Für Salino galt das Gleiche. Einen Augenblick lang herrschte angespanntes Schweigen.

Da Treen keine intelligente Antwort einfiel, wurde er ebenfalls sauer und beschloss, Kranks Nummernschild zu notieren und sich auf die Lauer zu legen. Vielleicht erwischte er ihn ja bei einer Geschwindigkeitsübertretung oder beim Überfahren eines Stoppschilds. Dann würde er ihn anhalten, bei der ersten sarkastischen Bemerkung aus dem Wagen zerren, quer über die Motorhaube werfen, ihm Handschellen verpassen und ihn zum Gefängnis schleifen.

Solcherlei angenehme Gedanken zauberten ein Lächeln auf Treens Gesicht. Salino jedoch lächelte kein bisschen. Er kannte die Geschichte von Luther Krank und seinem dämlichen Plan für Weihnachten. Frohmeyer hatte sie ihm erzählt. Salino war am Abend zuvor durch die Hemlock Street gefahren und hatte das

Das Fest

gepflegte, aber ungeschmückte Haus gesehen, das ohne Frosty auf dem Dach irgendwie ganz für sich allein stand, friedlich und dennoch so merkwürdig anders als die anderen.

»Es tut mir Leid, dass Sie so darüber denken«, stellte Salino bedauernd fest. »Wir versuchen lediglich, ein wenig Geld aufzutreiben, um bedürftigen Kindern zu helfen.«

Nora wäre am liebsten durch die Tür gestürmt und hätte gerufen: »Hier haben Sie Ihren Scheck! Her mit dem Kalender!« Doch sie beherrschte sich, denn das Nachspiel wäre nicht sehr erfreulich geworden.

Luther biss die Zähne zusammen, starrte unbeirrt geradeaus und nickte, worauf Treen begann, den Kalender auf ziemlich theatralische Weise wieder einzurollen. Dann würde ihn eben jemand anderes kaufen. Unter dem Druck von Treens riesigen Pranken raschelte und knitterte der Kalender. Als er schließlich nur noch den Durchmesser eines Besenstiels hatte, ließ Treen ihn in die Rolle zurückgleiten und steckte eine Kappe auf das Ende. Die Zeremonie war vorbei, für die Polizisten war es Zeit zu gehen.

»Fröhliche Weihnachten«, sagte Salino.

»Sponsert die Polizei immer noch die Softball-Mannschaft für Waisen?«, erkundigte sich Luther.

»Aber sicher«, erwiderte Treen.

»Kommen Sie doch im Frühling einfach noch einmal vorbei, dann spende ich hundert Dollar für Trikots.«

Doch die Polizeibeamten ließen sich nicht durch diese Worte beschwichtigen. Sie brachten es nicht über sich, »Danke« zu sagen, sondern nickten nur und starrten einander an.

Sieben

Der Weg zur Tür wurde in kühlem Schweigen zurückgelegt. Man hörte lediglich das entnervende Tappen, mit dem Treen das Kalenderrohr immer wieder gegen sein Bein klopfte. Wie ein gelangweilter Cop auf der Suche nach jemandem, dem er seinen Schlagstock über den Schädel ziehen kann.

Nora kehrte ins Wohnzimmer zurück und bemerkte scharf: »Es wären doch bloß hundert Dollar gewesen!« Luther spähte gerade an den Vorhängen vorbei, um sicherzugehen, dass die Beamten auch tatsächlich abzogen.

»Nein, meine Liebe, es wäre sehr viel mehr gewesen«, entgegnete er in selbstgefälligem Tonfall, als könne nur er die Komplexität der Situation voll erfassen. »Wie wäre es jetzt mit ein bisschen Joghurt?«

Wenn man hungert, verdrängt die Aussicht auf Nahrung alle anderen Gedanken. Als Belohnung für ihre Qualen gönnten Luther und Nora sich jeden Abend einen kleinen Becher mit fadem, fettfreiem, künstlich aromatisiertem Joghurt, den sie genossen wie eine letzte Mahlzeit. Luther hatte sieben Pfund abgenommen, Nora sechs.

Sie fuhren in einem Kleintransporter durch das Viertel, stets auf der Suche nach lohnenden Zielen. Zehn von ihnen hatten es sich auf der Ladefläche inmitten von Heuballen bequem gemacht und sangen unterwegs. Unter den Quilts wurden Händchen gehalten und Oberschenkel befummelt, ein eher harmloses Vergnügen. Schließlich gehörten sie der Lutherischen Gemeinde an.

Das Fest

Die Anführerin der Gruppe saß am Steuer, und auf dem Beifahrersitz hatte die Frau des Pfarrers Platz genommen, die sonntags morgens auch immer Orgel spielte.

Der Laster bog in die Hemlock Street ein, und das Zielobjekt war schnell ausgemacht. Langsam näherte er sich dem ungeschmückten Haus der Kranks. Glücklicherweise stand Walt Scheel gerade in seinem Vorgarten und kämpfte mit einem Verlängerungskabel, das ungefähr zwei Meter fünfzig zu kurz war, um von der Garage bis zu seinen Buchsbäumen zu reichen, die er sorgfältig mit vierhundert neuen, grünen Lichtern versehen hatte. Da Krank überhaupt nicht dekorierte, hatte Scheel beschlossen, sich noch ein wenig mehr ins Zeug zu legen.

»Sind diese Leute da zu Hause?«, erkundigte sich die Fahrerin bei Walt, nachdem der Transporter zum Stehen gekommen war. Dabei nickte sie in Richtung des Hauses der Kranks.

»Ja. Wieso?«

»Oh, wir sind mit einer Jugendgruppe der Lutherischen Gemeinde als Weihnachtssänger unterwegs.«

Auf einmal begann Walt zu lächeln und ließ das Kabel sinken. Wie reizend, dachte er. Und Krank glaubt, dass er einfach so vor Weihnachten davonlaufen kann.

»Sind die Leute Juden?«, wollte die Frau wissen.

»Nein.«

»Buddhisten oder etwas in der Art?«

»Nein, nichts dergleichen. Methodisten, soweit ich weiß. Sie wollen dieses Jahr kein Weihnachten feiern.«

»Wie bitte?«

»Sie haben schon richtig gehört.« Walt stellte sich neben die

Sieben

Fahrertür und strahlte über das ganze Gesicht. »Der Herr des Hauses ist ein bisschen seltsam. Er will Weihnachten ausfallen lassen und von dem gesparten Geld eine Kreuzfahrt machen.«

Die Fahrerin und die Frau des Pfarrers warfen einen langen, eindringlichen Blick hinüber zum Haus der Kranks. Die Jugendlichen auf der Ladefläche hatten aufgehört zu singen und lauschten jedem Wort. In ihren Köpfen begann es zu mahlen.

»Ich glaube, denen würden ein paar Weihnachtslieder gut tun«, fügte Scheel liebenswürdig hinzu. »Na los!«

Der Laster leerte sich, und die Chormitglieder stürmten den Bürgersteig entlang. Vor dem Briefkasten der Kranks blieben sie stehen. »Geht ruhig näher ran!«, schrie Scheel. »Das macht denen bestimmt nichts aus.«

Die jungen Leute nahmen vor dem Haus Aufstellung, direkt neben Luthers Lieblingsbeet. Scheel rannte unterdessen zu seiner Veranda und rief Bev zu, sie solle Frohmeyer anrufen.

Als der Krawall losbrach, kratzte Luther gerade das letzte bisschen Joghurt aus seinem Becher. Die Weihnachtssänger stimmten schnell und laut die erste Strophe von »God Rest Ye Merry Gentlemen« an, worauf die Kranks sofort in Deckung gingen und dann geduckt von der Küche ins Wohnzimmer hechteten, Luther voran, Nora als Nachhut. Sie postierten sich am Fenster, dessen Vorhänge zum Glück zugezogen waren.

Doch die Chormitglieder entdeckten Luther, als er einen verstohlenen Blick riskierte, und winkten aufgeregt.

»Weihnachtssänger«, zischte Luther und trat einen Schritt zurück. »Direkt neben unserem Wacholder.«

»Wie schön«, sagte Nora leise.

Das Fest

»Schön? Die haben einfach unbefugt unser Grundstück betreten! Das ist eine abgekartete Sache.«

»Sie sind doch keine Eindringlinge!«

»Aber selbstverständlich! Sie stehen vor unserem Haus, ohne dass wir sie eingeladen haben. Jemand hat sie hergeschickt, wahrscheinlich Frohmeyer oder Scheel.«

»Weihnachtssänger sind keine Eindringlinge«, beharrte Nora im Flüsterton.

»Ich weiß, wovon ich rede.«

»Dann ruf doch deine Freunde vom Polizeirevier an.«

»Vielleicht mache ich das auch«, überlegte Luther laut und spähte wieder nach draußen.

»Es ist noch nicht zu spät, einen Kalender zu kaufen.«

Unterdessen kam der gesamte Frohmeyer-Klan angerannt, angeführt von Spike auf seinem Skateboard. Kaum hatten sich die acht hinter dem Chor aufgebaut, da lockte der Lärm auch die Trogdons aus dem Haus. Es folgten die Beckers mit der Schwiegermutter im Schlepptau. Selbst Rocky der Schulversager zockelte hinterdrein.

Als Nächstes stand »Jingle Bells« auf dem Programm, in einer sehr dynamischen, lauten Version, die zweifellos von all der Aufregung ringsumher inspiriert war. Die Chorleiterin bedeutete den Nachbarn, sie mögen doch mitsingen, was diese auch mit großem Vergnügen taten. Bei den ersten Takten von »Stille Nacht« war die Zahl der Sänger und Sängerinnen schon auf mindestens dreißig angeschwollen. Die Chormitglieder trafen meistens den richtigen Ton, während sich die Nachbarn nicht einmal darum bemühten. Ihnen kam es vor allem auf die Laut-

Sieben

stärke an, denn der gute alte Luther sollte alles genau hören und sich vor Unbehagen winden.

Nach zwanzig Minuten war Nora mit den Nerven am Ende und ging unter die Dusche. Luther setzte sich in seinen Ruhesessel und versuchte, eine Zeitschrift zu lesen, aber jedes Lied erscholl noch lauter als das vorhergegangene. Luther kochte vor Wut und fluchte vor sich hin. Als er noch einmal hinausspähte, war der ganze Rasen von Menschen bevölkert, die lächelnd sein Haus anbrüllten.

Kurz darauf stimmten sie »Frosty der Schneemann« an. Luther ging in sein Arbeitszimmer im Keller und holte den Kognak aus der Schublade.

Acht

In den achtzehn Jahren, die Luther nun schon in der Hemlock Street wohnte, hatte sich seine morgendliche Routine nicht verändert. Er stand um sechs Uhr auf, streifte Morgenmantel und Pantoffeln über, setzte Kaffee auf, verließ das Haus durch die Garagentür, ging die Auffahrt hinunter und holte die *Gazette*, die eine Stunde zuvor von Milton, dem Zeitungsjungen, ausgeliefert worden war. Luther konnte sicher sein, dass die Anzahl der Schritte von der Kaffeemaschine bis zur Zeitung nie um mehr als drei variierte. Zurück im Haus trank er eine Tasse Kaffee mit einer Spur Sahne, las dabei den Sportteil, dann den Lokalteil, den Wirtschaftsteil und stets als Letztes die nationalen und internationalen Nachrichten. Nach der Hälfte der Todesanzeigen füllte er eine weitere Tasse mit Kaffee – jeden Tag

Acht

dieselbe, lavendelfarbene Tasse, plus zwei Stück Zucker – und brachte sie seiner liebenden Gattin.

Am Morgen nach der musikalischen Darbietung in seinem Vorgarten schlurfte Luther im Halbschlaf die Auffahrt hinunter und wollte gerade die *Gazette* aufheben, als er aus den Augenwinkeln etwas merkwürdig Fremdes wahrnahm. Mitten in seinem Rasen steckte ein Schild, das in großen schwarzen Buchstaben FREIHEIT FÜR FROSTY forderte. Die Ränder eines weißen Fotokartons waren rot-grün bemalt, und in der Mitte prangte eine Zeichnung – Frosty, der in einem Keller in Ketten lag. Keine Frage, wessen Keller gemeint war. Entweder war es das schlechte Machwerk eines Erwachsenen, der nicht wusste, was er mit seiner Zeit anfangen sollte, oder das ziemlich gute Bild eines Kindes, dem die Mutter beim Malen über die Schulter gesehen hatte.

Plötzlich hatte Luther das Gefühl, beobachtet zu werden, also steckte er sich lässig die *Gazette* unter den Arm, tat so, als hätte er nichts bemerkt, und schlenderte zurück ins Haus. Schimpfend schenkte er sich eine Tasse Kaffee ein, fluchend setzte er sich auf seinen Stuhl. Er konnte sich weder auf den Sport- noch auf den Lokalteil konzentrieren, und sogar die Todesanzeigen vermochten nicht seine Aufmerksamkeit zu fesseln. Dann wurde ihm klar, dass Nora das Schild besser nicht zu Gesicht bekam. Sie würde sich noch viel mehr Gedanken darüber machen als er.

Jeder neue Angriff auf sein Recht, zu tun, was ihm gefiel, bestärkte Luther nur noch in seiner Entschlossenheit, Weihnachten zu ignorieren. Aber er sorgte sich um Nora. Ihn würden sie niemals kleinkriegen, doch bei ihr war er da nicht so sicher. Wenn

Das Fest

sie annehmen musste, dass nun auch noch die Nachbarskinder protestierten, würde sie vielleicht zusammenbrechen.

Luther schlug blitzschnell zu – schlich durch die Garage, um die Ecke, lief vorsichtig über den Rasen, weil das Gras so gut wie gefroren war, zog mit einem Ruck das Schild aus dem Boden und warf es in die Abstellkammer. Er wollte sich später darum kümmern.

Nachdem er Nora ihre Tasse Kaffee gebracht hatte, ließ er sich wieder am Küchentisch nieder und versuchte vergebens, sich auf die *Gazette* zu konzentrieren. Er war einfach zu wütend. Außerdem hatte er eiskalte Füße. Also zog er sich an und fuhr zur Arbeit.

Im Büro war er einmal dafür eingetreten, dass die Firma von Mitte Dezember bis nach dem ersten Januar Betriebsferien machen solle. »Während dieser Zeit arbeitet doch ohnehin niemand« – so hatte damals auf der Versammlung der leitenden Angestellten sein ziemlich brillantes Argument gelautet. Die Sekretärinnen mussten Geschenke kaufen, also gingen sie früher in die Mittagspause, kamen später zurück und machten eine Stunde darauf Feierabend, um weitere Besorgungen zu erledigen. »Soll doch einfach jeder einen Teil seines Urlaubs im Dezember nehmen«, hatte Luther energisch vorgeschlagen. Eine Art zweiwöchige Feierschicht – natürlich mit Lohnfortzahlung. Er hatte anhand von Tabellen und Diagrammen erläutert, dass das Geschäft in dieser Zeit sowieso nur schleppend lief. Die meisten der Klienten seien nicht anzutreffen, also könne bis zur ersten Januarwoche auch so gut wie keine Transaktion mehr zum Abschluss gebracht werden. Und durch den Wegfall der offiziellen Weihnachtsfeier sowie der Büroparty würde Wiley & Beck eine Menge Geld sparen. Luther hatte sogar Kopien

Acht

eines Artikels aus dem *Wall Street Journal* verteilt, in dem über ein großes Unternehmen in Seattle berichtet wurde, das diese Idee mit durchschlagendem Erfolg in die Tat umgesetzt hatte. Zumindest hieß es in dem Artikel so.

Luthers Präsentation war eine Glanzleistung. Die Firma lehnte seinen Vorschlag allerdings mit elf zu zwei Stimmen ab, worüber Luther sich noch einen Monat später aufregte. Nur Yank Slader hatte ihn nicht hängen lassen.

Mechanisch erledigte Luther an diesem Morgen seine Arbeit, während seine Gedanken um das Konzert vom Abend zuvor und das Protestschild in seinem Vorgarten kreisten. Er wohnte gern in der Hemlock Street, kam im Allgemeinen gut mit seinen Nachbarn aus (meistens gelang es ihm sogar, freundlich zu Walt Scheel zu sein) und fühlte sich jetzt nicht besonders wohl dabei, ihr kollektives Missfallen zu erregen.

Seine Stimmung hob sich allerdings beim Anblick von Biff aus dem Reisebüro, die nach kurzem Klopfen – seine Sekretärin wälzte Einkaufskataloge – hereintänzelte und ihm die Flug- und Kreuzfahrttickets, einen ausführlichen Reiseverlauf sowie den neuesten Prospekt über die *Island Princess* aushändigte. Innerhalb von Sekunden war sie auch schon wieder fort, viel zu schnell für Luthers Geschmack, der angesichts ihrer Figur und Bräune von den zahllosen String-Bikinis zu träumen begann, die ihm bald über den Weg laufen würden. Er schloss die Tür ab und ließ seine Gedanken im warmen blauen Wasser der Karibik treiben.

Zum dritten Mal in dieser Woche schlich Luther kurz vor der Mittagspause aus dem Büro und fuhr zum Einkaufszentrum. Er parkte in größtmöglicher Entfernung vom Eingang, um sich

Das Fest

Bewegung zu verschaffen. Mittlerweile hatte er acht Pfund abgenommen und fühlte sich ausgesprochen fit. Er betrat das Zentrum inmitten einer Horde von Menschen, die alle ihre Mittagspause zum Einkaufen nutzten. Nur, dass er stattdessen ein Nickerchen machen würde.

Getarnt mit einer dicken Sonnenbrille huschte er in das Sonnenstudio in der obersten Etage. Lederhaut-Daisy war von Daniella abgelöst worden, einer eigentlich blassen Rothaarigen, die durch das ständige Bräunen nur erreicht hatte, dass sich ihre Sommersprossen vermehrten und ausdehnten. Sie stempelte Luthers Dauerkarte, wies ihm Kabine zwei zu und sagte mit dem überzeugten Tonfall einer hoch qualifizierten Dermatologin: »Ich denke, zweiundzwanzig Minuten sollten für heute reichen, Luther.« Sie war mindestens dreißig Jahre jünger als er, hatte jedoch offenbar kein Problem damit, ihn einfach beim Vornamen zu nennen. Da sie als Aushilfe zum Mindestlohn arbeitete, kam ihr wohl nicht in den Sinn, dass die Anrede »Mr Krank« vielleicht angemessener gewesen wäre.

Warum denn nicht einundzwanzig Minuten?, hätte er am liebsten geschnauzt. Oder dreiundzwanzig?

Er brummte etwas vor sich hin und ging in Kabine zwei. Der Bronzomat FX-2000 fühlte sich kühl an – ein gutes Zeichen, denn Luther war schon allein die Vorstellung zuwider, in dieses Ding zu kriechen, nachdem ein anderer es gerade erst verlassen hatte. Er sprühte die Liegefläche rasch mit Desinfektionsspray ein, wischte sie hektisch ab, prüfte, ob er die Tür auch wirklich abgeschlossen hatte, zog sich aus, als könnte ihn jemand dabei beobachten, und glitt dann vorsichtig in den Bronzomat.

Acht

Nachdem er sich in eine halbwegs bequeme Position manövriert hatte, zog er das Oberteil herunter, drückte auf den Schalter und ließ sich braten. Nora war zweimal hier gewesen und wusste nicht, ob sie noch einmal wiederkommen würde, denn während ihrer letzten Bestrahlung hatte jemand an der Tür ihrer Kabine gerüttelt und sie damit zu Tode erschreckt. Sie hatte irgendetwas gerufen, woran sie sich später nicht mehr erinnern konnte, war instinktiv hochgezuckt und hatte sich dabei den Kopf gestoßen.

Auch dafür hatte sie Luther die Schuld gegeben. Allerdings hatte sein Gelächter nicht gerade zu ihrer Besänftigung beigetragen.

Es dauerte nicht lange, bis Luther zu träumen begann – von der *Island Princess* mit ihren vier Swimmingpools, von sonnengebräunten, wohlgeformten Körpern in Liegestühlen, von den weißen Sandstränden auf Jamaika und Grand Cayman. Er trieb in den warmen, sanften Wellen der Karibik.

Ein Summton weckte ihn. Seine zweiundzwanzig Minuten waren um. Drei Bestrahlungen, und Luther konnte in dem klapprigen Spiegel an der Wand langsam eine Veränderung erkennen. Es war nur eine Frage der Zeit, bis jemand aus dem Büro eine Bemerkung über seine Bräune fallen lassen würde. Alle seine Kollegen beneideten ihn.

Als er sich auf den Rückweg machte – die Haut noch warm, der Bauch nach einer weiteren ausgefallenen Mahlzeit extrem flach –, setzte Schneeregen ein.

❄

Das Fest

Luther ertappte sich dabei, dass ihm vor der Heimkehr graute. Alles war wunderbar, bis er in die Hemlock Street einbog. Becker von nebenan hängte gerade noch mehr Lichterketten in seine Sträucher und aus lauter Gehässigkeit auch in die kleine Hecke, die seinen Rasen zu Luthers Garage hin abgrenzte. Bei den Trogdons wurde man von einem solchen Lichtermeer geblendet, dass Luther gar nicht genau sagen konnte, ob Wes ebenfalls noch weiter aufrüstete. Aber er vermutete es. Gegenüber von Luthers Haus ließ sich Walt Scheel jeden Tag eine neue Dekoration einfallen – und das, wo er im Jahr zuvor kaum ein mageres Lichtlein aufgeboten hatte.

Und nun war offenbar auch bei Swade Kerr im Haus rechts neben den Kranks die Weihnachtsstimmung ausgebrochen, denn er wand brandneue, rot-grün blinkende Lichter um seine dürren Buchsbäumchen. Die Kerrs schickten ihre Kinder nicht zur Schule, sondern unterrichteten sie selbst und hielten die Brut meistens im Keller unter Verschluss. Sie weigerten sich, wählen zu gehen, trieben Yoga, aßen nur Gemüse, trugen im Winter Sandalen mit dicken Socken, übten keinerlei Beruf aus und behaupteten von sich, Atheisten zu sein. Mit anderen Worten: allzu sehr auf der Müsli-Schiene, aber keine schlechten Nachbarn. Swades Frau Shirley, natürlich Trägerin eines Doppelnamens, verfügte über ein Treuhandvermögen.

»Sie haben mich umzingelt«, murmelte Luther, stellte das Auto in die Garage, spurtete ins Haus und schloss die Tür hinter sich ab.

Nach einem Küsschen auf die Wange und dem obligatorischen »Wie war dein Tag?« kam Nora stirnrunzelnd zur Sache. »Guck dir die hier mal an.«

Acht

Zwei pastellfarbene Briefumschläge – es war vollkommen klar, was darin steckte. »Was ist denn nun schon wieder?«, schnappte Luther. Weihnachtskarten mit geheuchelten guten Wünschen waren wirklich das Letzte, was er jetzt sehen wollte. Er wollte etwas zu essen – an diesem Abend würde es gebackener Fisch mit gedünstetem Gemüse sein.

Luther zog die Karten aus den Umschlägen. Auf beiden prangte ein Frosty. Keine Unterschrift, kein Absender.

Anonyme Weihnachtskarten.

»Sehr witzig«, sagte er und warf sie auf den Tisch.

»Ich dachte mir, dass sie dir gefallen würden. Der Poststempel stammt hier aus der Stadt.«

»Das geht auf Frohmeyers Konto«, brummte Luther und riss sich die Krawatte vom Hals. »Der liebt doch solche Streiche.«

Als Nora und Luther noch beim Essen saßen, klingelte es an der Haustür. Ein paar große Bissen – und Luthers Teller wäre bereits leer gewesen, aber Nora hatte ihm immer wieder gepredigt, langsam zu essen und gründlich zu kauen. Immer noch hungrig erhob er sich und murmelte etwas in der Art, wer das denn nun schon wieder sein könne.

Der Feuerwehrmann hieß Kistler, der Sanitäter Kendall. Beide waren jung, schlank und ausgezeichnet in Form, da sie unzählige Stunden damit verbrachten, in der Feuerwache Gewichte zu stemmen – zweifelsohne auf Kosten der Steuerzahler, dachte Luther, während er sie in den Flur bat. Ein weiteres alljährliches Ritual, ein weiteres hervorragendes Beispiel für all das, was mit Weihnachten nicht stimmte.

Kistlers Uniform war marineblau, Kendalls olivgrün. Keine

Das Fest

von beiden passte farblich zu den rot-weißen Mützen, die sich die Männer übergestülpt hatten – aber wen interessierte das schon? Obwohl die Mützen niedlich und neckisch aussahen, lächelte Luther nicht. Der Sanitäter hielt eine Papiertüte in der Hand.

»Wir verkaufen dieses Jahr wieder Christstollen, Mr Krank«, sagte Kistler. »Wie jedes Jahr.«

»Der Erlös kommt dem Spielzeugfonds zugute«, fügte Kendall mit perfektem Timing hinzu.

»Unser Ziel sind diesmal neuntausend Dollar.«

»Im letzten Jahr haben wir knapp über achttausend zusammengebracht.«

»Jetzt wollen wir noch einen drauflegen.«

»An Heiligabend verteilen wir dann Spielzeug an sechshundert Kinder.«

»Es ist ein wunderbares Projekt!«

So ging es hin und her, immer abwechselnd. Ein eingespieltes Team.

»Sie sollten mal die Gesichter der Kinder sehen!«

»Das würde ich gegen nichts auf der Welt eintauschen.«

»Wie dem auch sei – wir müssen das Geld aufbringen, und zwar schnell.«

»Darum haben wir wieder das Original dabei – Mabels Früchtestollen.« Kendall schwenkte die Tüte vor Luthers Gesicht, als wolle der danach greifen und hineinschielen.

»Weltberühmt.«

»Sie kommen aus Hermansburg, Indiana, dem Sitz von Mabels Bäckerei.«

Acht

»Die halbe Stadt arbeitet dort. Die machen nichts anderes als Stollen.«

Die armen Menschen, dachte Luther.

»Sie backen nach Geheimrezept und verwenden nur die frischesten Zutaten.«

»Und machen die besten Christstollen der Welt.«

Luther konnte Stollen nicht ausstehen. Er hasste Datteln, Feigen, Pflaumen, Nüsse, Orangeat und Zitronat.

»Mittlerweile schon seit achtzig Jahren.«

»Sie stellen den meistverkauften Stollen des ganzen Landes her. Sechs Tonnen im vergangenen Jahr.«

Luther rührte sich keinen Zentimeter von der Stelle und blickte unbeeindruckt von Kendall zu Kistler, von Kistler zu Kendall.

»Keine chemischen Zusätze, keine Konservierungsstoffe.«

»Ich weiß wirklich nicht, wie sie es schaffen, dass die Stollen immer so frisch schmecken.«

Mit chemischen Zusätzen und Konservierungsstoffen, dachte Luther. Plötzlich überfiel ihn rasender Hunger. Seine Knie gaben beinahe nach, sein Pokerface wich um ein Haar einer Grimasse. In den vergangenen zwei Wochen war sein Geruchssinn sehr viel schärfer geworden, fraglos ein Nebeneffekt der strengen Diät. Vielleicht hatte er ja Mabels Stollen erschnuppert, er war sich nicht sicher, doch auf jeden Fall überkam ihn ein drängendes Verlangen. Er musste einfach sofort etwas zu essen haben. Er verspürte geradezu das Bedürfnis, Kendall die Tüte zu entreißen, eines der Pakete aufzuschlitzen und an einem Stollen zu nagen.

Luther wartete mit zusammengebissenen Zähnen, bis die Anwandlung vorüber war. Dann entspannte er sich. Kistler und

Das Fest

Kendall waren dermaßen mit ihrer Darbietung beschäftigt gewesen, dass sie nichts bemerkt hatten.

»Wir bekommen nur eine bestimmte Anzahl von Stollen.«

»Sie sind so beliebt, dass sie rationiert werden müssen.«

»Wir können froh sein, dass wir neunhundert Stück ergattert haben.«

»Zehn Dollar pro Stück, dann sind wir bei neuntausend Dollar für Spielzeug.«

»Letztes Jahr haben Sie fünf Stück gekauft, Mr Krank.«

»Wäre Ihnen das auch diesmal wieder möglich?«

Stimmt, erinnerte sich Luther nun. Letztes Jahr habe ich fünf Stollen gekauft. Habe drei davon mit ins Büro genommen und sie heimlich bei Kollegen auf dem Schreibtisch deponiert. Innerhalb von einer Woche wurden sie so oft weitergereicht, dass die Verpackungen ganz verschlissen aussahen. Am letzten Arbeitstag vor Weihnachten hatte Dox sie schließlich in den Mülleimer geworfen.

Die anderen beiden hatte Nora ihrer Friseurin geschenkt, einer dreihundert Pfund schweren Dame, die Dutzende dieser Dinger hortete und bis in den Juli hinein Christstollen aß.

»Nein«, erwiderte Luther bestimmt. »Ich setze dieses Jahr aus.«

Die beiden Plaudertaschen verstummten und warfen einander verwirrte Blicke zu.

»Bitte was?«

»Ich möchte dieses Jahr keine Christstollen.«

»Sind Ihnen fünf zu viel?«, erkundigte sich Kistler.

»Einer ist schon zu viel«, antwortete Luther und verschränkte langsam die Arme vor der Brust.

Acht

»Sie wollen *keinen einzigen*?«, fragte Kendall ungläubig.
»Exakt«, sagte Luther.
Die beiden Männer versuchten, so mitleiderregend dreinzusehen wie möglich.
»Organisieren Sie am Nationalfeiertag immer noch den Angelwettbewerb für behinderte Kinder?«, wollte Luther wissen.
»Jedes Jahr«, entgegnete Kistler.
»Großartig. Kommen Sie im Sommer wieder, dann spende ich hundert Dollar für den Angelwettbewerb.«
Kistler murmelte ein ausgesprochen halbherziges »Danke«.
Nach einigen peinlichen Sekunden gelang es Luther, die Männer aus dem Haus zu bugsieren. Dann kehrte er in die Küche zurück und musste feststellen, dass alles weg war – Nora, der Teller mit seinen letzten beiden Bissen Fisch, sein Glas Wasser, seine Serviette. Alles. Wutentbrannt stürmte er die Speisekammer, wo er ein Glas Erdnussbutter und ein paar trockene Kekse fand.

Neun

Stanley Wileys Vater hatte Wiley & Beck im Jahre 1949 gegründet. Beck war mittlerweile schon so lange tot, dass niemand wusste, wieso sein Name überhaupt noch an der Tür stand. Wahrscheinlich, weil Wiley & Beck einfach gut klang und es außerdem ziemlich kostspielig gewesen wäre, das Briefpapier und dergleichen neu drucken zu lassen. Angesichts der Tatsache, dass die Firma nun schon seit einem halben Jahrhundert existierte, war es erstaunlich, wie wenig sie sich vergrößert hatte. In der Steuerabteilung arbeiteten einschließlich Luther ein Dutzend Beschäftigte, in der Buchprüfung ungefähr zwanzig. Die Klientel bestand hauptsächlich aus mittelständischen Unternehmen, die es sich nicht leisten konnten, überregional agierende Steuerberater und Buchhalter zu beauftragen.

Neun

Wenn Stanley Wiley dreißig Jahre zuvor etwas ehrgeiziger gewesen wäre, hätte die Firma vielleicht auf den fahrenden Zug aufspringen und zu einer einflussreichen festen Größe werden können. Aber der Ehrgeiz ging ihm ab, so dass sich Wiley & Beck nun mit dem Status als »Krämerladen für Steuerangelegenheiten« zufrieden geben musste.

Gerade als Luther sich verdrücken wollte, um ein weiteres Mal zum Einkaufszentrum zu fahren, erschien wie aus dem Nichts Stanley mit einem langen Baguette-Sandwich in der Hand, aus dem Salatblätter heraushingen. »Haben Sie eine Minute Zeit?«, fragte er mit vollem Mund und saß bereits, noch ehe Luther »ja«, »nein« oder »aber nur ganz kurz« sagen konnte. Stanley trug alberne Fliegen und normalerweise immer eine Auswahl verschiedenster Flecken auf seinem blauen Hemd – Tinte, Mayonnaise, Kaffee. Er war schludrig und sein Büro eine berüchtigte Müllhalde, in der Dokumente und Akten verschwanden und manchmal auch monatelang verschwunden blieben. »Versuch es mal in Stanleys Büro« lautete der Firmenslogan, wenn Papiere einfach nicht aufzufinden waren.

»Ich habe gehört, dass Sie nicht an der Weihnachtsfeier morgen Abend teilnehmen werden«, sagte Stanley immer noch kauend. In der Mittagspause streifte er gern mit einem Sandwich in der einen und einer Getränkedose in der anderen Hand durch die Firma, als wäre er zu beschäftigt für eine ordentliche Mahlzeit.

»In diesem Jahr mache ich vieles anders, Stanley. Das geht gegen niemanden persönlich«, erwiderte Luther.

»Also stimmt das Gerücht.«

»Ja, es stimmt. Wir werden nicht kommen.«

Das Fest

Stanley runzelte die Stirn, schluckte und beäugte dann prüfend das Sandwich, kurz vor dem nächsten Bissen. Er war der geschäftsführende Partner, nicht der Chef. Luther selbst war seit sechs Jahren Partner. Niemand bei Wiley & Beck konnte ihn zu irgendetwas zwingen.

»Tut mir Leid, das zu hören. Jayne wird ziemlich enttäuscht sein.«

»Ich schreibe ihr ein paar Zeilen«, sagte Luther. Eigentlich war die offizielle Weihnachtsfeier der Firma gar nicht so furchtbar — ein nettes Dinner im Gesellschaftsraum eines alteingesessenen Restaurants in der Innenstadt, gutes Essen, ordentliche Weine, ein paar Reden, dann eine Live-Band und Tanz bis in die frühen Morgenstunden. Das Ganze natürlich in gepflegter Garderobe, und die Damen gaben sich Jahr für Jahr alle Mühe, einander auszustechen, was Kleider und Schmuck betraf. Jayne Wiley war eine reizende Frau, die etwas sehr viel Besseres als Stanley verdient gehabt hätte.

»Gibt's einen bestimmten Grund?«, erkundigte sich Stanley neugierig.

»Wir verzichten diesmal auf das ganze Theater. Kein Baum, keine Geschenke, nichts. Wir sparen das Geld und machen eine Zehn-Tage-Kreuzfahrt. Blair ist nicht da, und wir brauchen mal etwas Entspannung. Wahrscheinlich werden wir im nächsten Jahr alles nachholen, und wenn nicht, dann eben im Jahr danach.«

»Weihnachten findet schließlich alle Jahre wieder statt, nicht wahr?«

»In der Tat.«

»Es sieht aus, als hätten Sie abgenommen.«

98

Neun

»Zehn Pfund. Die Strände warten schon.«

»Sie sehen wirklich großartig aus, Luther. Wie ich höre, gehen Sie auch ins Sonnenstudio.«

»Ja, ich will mich sozusagen abhärten. Ich habe nicht vor, mich von der Sonne unterkriegen zu lassen.«

Stanley biss ein großes Stück von seinem Sandwich ab und riss dabei Salatstreifen mit, die ihm zwischen den Lippen hängen blieben. Dann murmelte er: »Eigentlich keine schlechte Idee.« Oder etwas in der Art.

Urlaub, das hieß für Stanley eine Woche in seinem Strandhaus, einem Erbteil, in das er während der vergangenen dreißig Jahre keinen Cent investiert hatte. Luther und Nora hatten dort einmal eine schreckliche Woche als Gäste der Wileys verbracht. Stanley und Jayne hatten sich selbst im großen Schlafzimmer einquartiert und den Kranks die »Gästesuite« zugewiesen, einen schmalen Raum mit Stockbetten und ohne Klimaanlage. Stanley hatte von morgens bis abends einen Gin Tonic nach dem anderen gekippt und praktisch nie die Sonne gesehen.

Nun schlenderte er davon, immer noch mit vollem Mund. Doch bevor Luther flüchten konnte, kam Yank Slader in sein Büro gestürzt. »Bis jetzt fünf Komma zwei Mille, alter Junge«, verkündete er. »Und kein Ende in Sicht. Abigail hat sich gerade für sechshundert Dollar ein Kleid für die Weihnachtsfeier gekauft. Keine Ahnung, wieso sie nicht den Fummel vom letzten oder vorletzten Jahr anziehen kann, aber es lohnt nicht, deswegen zu streiten. Schuhe dazu – hundertvierzig Dollar. Neue Handtasche noch mal neunzig. Ihre Schränke sind voll mit Schuhen und Handtaschen, aber davon fange ich besser gar nicht erst an.

Das Fest

Wenn das so weitergeht, kommen wir noch auf über sieben Mille. Bitte nimm mich mit auf die Kreuzfahrt.«

Inspiriert von Luther führte Yank ganz genau Buch über die Weihnachtsausgaben und teilte ihm zweimal pro Woche den neuesten Stand mit. Allerdings war unklar, welche Konsequenzen er aus dem Endergebnis ziehen würde. Höchstwahrscheinlich gar keine, und das wusste er auch. »Du bist mein Held«, sagte er wieder und verließ Luthers Büro so schnell, wie er hereingestürmt war.

Sie sind alle neidisch, dachte Luther. Jetzt, wo nur noch eine Woche Zeit bleibt, und der Weihnachtswahnsinn mit jedem Tag schlimmer wird, könnten sie vor Neid platzen. Einige – wie Stanley – wollten es nicht zugeben. Andere – wie Yank – waren geradezu stolz auf Luther.

Zu spät für die Sonnenbank. Luther schlenderte zum Fenster und genoss den Anblick des kalten Regens, der auf die Stadt niederging. Grauer Himmel, kahle Bäume, ein paar letzte Blätter im Wind und in der Ferne verstopfte Straßen. Wie reizend, dachte er selbstzufrieden und tätschelte seinen flachen Bauch. Dann ging er hinunter zum Reisebüro und trank mit Biff ein Glas Diätlimonade.

Als der Timer ertönte, sprang Nora mit einem Satz aus dem Bronzomat und griff nach ihrem Handtuch. Sie hatte kein besonderes Vergnügen daran zu schwitzen und rieb sich hastig ab.

Sie trug einen extrem knappen, roten Bikini. An dem jungen,

Neun

katzenhaften Fotomodell im Katalog hatte er hervorragend ausgesehen, aber Nora wusste genau, dass sie ihn niemals in der Öffentlichkeit anziehen würde. Nichtsdestotrotz hatte Luther auf dem Kauf bestanden. Er hatte das Modell angeglotzt und ihr damit gedroht, das Ding selbst zu bestellen, wenn sie es nicht tat. Da der Bikini nicht allzu teuer gewesen war, gehörte er nun also Nora.

Sie sah flüchtig in den Spiegel und errötete beim Anblick ihres spärlich bekleideten Körpers. Sicher – sie hatte abgenommen. Sicher – ihre Haut war schon leicht gebräunt. Aber um diesem Bikini gerecht zu werden, hätte sie eigentlich erst einmal fünf Jahre lang hungern und sich im Fitnesscenter quälen müssen.

Nora zog schnell Hose und Pullover über den Bikini. Luther beteuerte zwar, dass er sich vollkommen nackt bräunte, aber sie würde sich hier um keinen Preis komplett ausziehen.

Selbst angekleidet kam sie sich immer noch vor wie eine Schlampe. Das Ding war an den unmöglichsten Stellen zu eng, und wenn sie sich bewegte – nun ja, es war nicht gerade bequem. Sie wollte nur noch schnell nach Hause, es sich vom Leib reißen und ein ausgedehntes heißes Bad nehmen.

Nora schaffte es, das Sonnenstudio unbemerkt zu verlassen, bog um eine Ecke – und fand sich Aug in Auge mit Reverend Doug Zabriskie wieder, ihrem Pfarrer. Er war mit Einkaufstüten beladen, während sie nichts als ihren Mantel im Arm hielt. Er war blass, sie hatte ein rotes Gesicht und schwitzte immer noch. Er trug sein bequemes altes Tweedjackett, einen Überzieher, ein schwarzes Hemd mit Kragen. Noras Bikini schnürte ihr das Blut ab und schrumpfte mit jeder Minute.

Das Fest

Sie umarmten einander höflich. »Ich habe Sie und Ihren Mann am letzten Sonntag in der Kirche vermisst«, sagte er. Derlei lästige Bemerkungen hatte er sich schon vor Jahren angewöhnt.

»Wir hatten viel zu tun«, entgegnete Nora und fuhr sich über die schwitzende Stirn.

»Geht es Ihnen gut, Nora?«

»Ausgezeichnet.«

»Sie wirken ein wenig außer Atem.«

»Ich bin gerade gelaufen«, log sie ihren Pfarrer an.

Aus irgendeinem Grund sah er auf ihre Schuhe hinunter. Es handelte sich ganz gewiss nicht um Laufschuhe.

»Können wir uns einen Augenblick unterhalten?«, fragte er.

»Aber natürlich«, erwiderte sie. In der Nähe des Geländers stand eine freie Bank. Der Reverend schleppte seine Tüten hinüber und stellte sie auf dem Boden ab. Als Nora sich hinsetzte, verrutschte der kleine rote Bikini. Irgendetwas direkt an ihrer Hüfte löste sich und begann nach unten zu gleiten. Da ihre Hose keineswegs eng saß, blieb jede Menge Platz für die Abwärtsbewegung.

»Ich habe einige Gerüchte gehört«, bemerkte Reverend Zabriskie leise. Er hatte die entnervende Angewohnheit, sich beim Sprechen ganz nah zum Gesicht seines Gegenübers zu beugen. Nora schlug abwechselnd die Beine übereinander, machte die Situation jedoch mit jedem Manöver nur noch schlimmer.

»Und welcher Art sind diese Gerüchte?«, fragte sie steif.

»Nun, ich will ehrlich zu Ihnen sein, Nora«, sagte er und kam noch näher. »Ich habe von einer verlässlichen Quelle erfahren,

Neun

dass Sie und Luther beschlossen haben, das Weihnachtsfest in diesem Jahr nicht zu begehen.«

»Das stimmt.«

»So etwas habe ich noch nie gehört«, stellte er ernst fest, als hätten sich die Kranks eine neue Art von Sünde einfallen lassen.

Nora wagte es nicht mehr, sich zu rühren, hatte aber trotzdem das Gefühl, als würden ihr alle Kleider vom Leib rutschen. Frische Schweißperlen traten ihr auf die Stirn. »Geht es Ihnen gut, Nora?«, fragte er wieder.

»Mir geht es gut. *Uns* geht es gut. Wir glauben immer noch an Weihnachten und daran, die Geburt Christi zu feiern, wir verzichten dieses Jahr nur auf das ganze Drumherum. Blair ist nicht da, und wir legen mal eine Pause ein.«

Reverend Zabriskie dachte lange und gründlich über ihre Worte nach, während sie ein wenig von ihm abrückte. »Es ist tatsächlich ein bisschen verrückt, nicht wahr?«, räumte er schließlich ein und betrachtete den Haufen von Einkaufstüten zu seinen Füßen.

»Ganz genau. Bei uns ist wirklich alles in Ordnung, Doug. Ehrenwort. Wir sind gesund und glücklich und möchten einfach nur ausspannen. Das ist alles.«

»Ich habe gehört, dass Sie verreisen.«

»Ja, wir machen eine zehntägige Kreuzfahrt.«

Er strich sich über den Bart, als sei er nicht sicher, ob er dies gutheißen sollte oder nicht.

»Sie werden doch nicht die Mitternachtsmesse versäumen, oder?«, erkundigte er sich mit einem Lächeln.

»Ich kann Ihnen nichts versprechen, Doug.«

Das Fest

Reverend Zabriskie tätschelte Noras Knie und verabschiedete sich. Nora wartete, bis er außer Sicht war, nahm dann allen Mut zusammen und stand auf. Während sie aus dem Einkaufszentrum schlurfte, verfluchte sie Luther und seinen Bikini.

❄

Die jüngste Tochter der Kusine von Vic Frohmeyers Frau engagierte sich in der katholischen Kirchengemeinde, die einen großen Jugendchor unterhielt. Er zog in der ganzen Stadt umher und sang Weihnachtslieder. Ein paar Anrufe – und ein Auftritt war gebucht.

Als das Konzert begann, setzte leichter Schneefall ein. Die Chormitglieder formierten sich neben der Laterne in der Auffahrt zu einem Halbkreis und fingen an, »O Little Town of Bethlehem« zu schmettern. Dann winkten sie Luther zu, der durch die Jalousie spähte.

Schon bald versammelte sich eine Menschenmenge hinter den Weihnachtssängern – Kinder aus der Nachbarschaft, die Beckers von nebenan, die Trogdons. Ein Reporter der *Gazette*, der einen anonymen Tipp bekommen hatte, beobachtete die Szene einige Minuten lang, bahnte sich dann einen Weg durch die Menge und klingelte bei den Kranks.

Luther riss mit geballter Faust die Tür auf, bereit, einen Schlag zu landen. »Was wollen Sie?« Im Hintergrund ertönte »White Christmas«.

»Sind Sie Mr Krank?«, fragte der Reporter.

»Ja. Und wer sind Sie?«

Neun

»Brian Brown von der *Gazette*. Kann ich Ihnen ein paar Fragen stellen?«

»Worüber denn?«

»Darüber, dass Sie Weihnachten ausfallen lassen wollen.«

Luther starrte die Meute in seiner Auffahrt an. Eine der dunklen Silhouetten da draußen hatte ihn verpetzt. Einer seiner Nachbarn hatte bei der Zeitung angerufen. Entweder Frohmeyer oder Walt Scheel.

»Dazu habe ich nichts zu sagen«, fauchte er und knallte die Tür zu. Nora stand wieder einmal unter der Dusche. Luther ging in den Keller.

Zehn

Luther schlug vor, zum Abendessen zu Angelo's zu fahren, ihrem Lieblingsitaliener. Das Restaurant befand sich im Erdgeschoss eines alten Gebäudes in der Innenstadt, weit weg von den Menschenmassen in den Einkaufszentren und fünf Blocks entfernt von der Paradestrecke. Es war ein Abend, den man besser nicht in der Hemlock Street verbrachte.

Sie bestellten gemischten Salat mit einem leichten Dressing, Pasta in Tomatensauce, kein Fleisch, keinen Wein, kein Brot. Nora hatte inzwischen sieben, Luther zehn Bestrahlungen im Sonnenstudio hinter sich, und während sie an ihrem Mineralwasser nippten, bewunderten sie gegenseitig ihr wettergegerbtes Aussehen und lachten leise über all die bleichen Gesichter um sie herum. Eine von Luthers Großmüttern war Halbitalienerin gewesen, und seine süd-

Zehn

ländischen Gene schienen den Bräunungsprozess zu fördern. Seine Haut war um einige Nuancen dunkler als Noras, was ihren Freunden bereits aufgefallen war. Aber das war ihm egal. Mittlerweile wusste sowieso jeder, dass sie in die Karibik reisen würden.

»Jetzt geht es los«, sagte Nora, nachdem sie einen Blick auf ihre Uhr geworfen hatte.

Luther sah auf seine. Punkt sieben.

Die Weihnachtsparade startete alljährlich vom Veteranenpark in der Stadtmitte aus. Festwagen, Feuerwehrautos und Blaskapellen – es war immer dasselbe. Als Letztes kam stets der Weihnachtsmann, in einem Schlitten, der von den Rotariern gebaut und von acht unförmigen Mitgliedern des Ordens vom heiligen Grab auf Kleinmotorrädern eskortiert wurde. Die Parade schlängelte sich durch die westlichen Stadtviertel und führte dabei nahe an der Hemlock Street vorbei. In jedem der vergangenen achtzehn Jahre hatten die Kranks und ihre Nachbarn an der Strecke kampiert und mitgefeiert. Doch diesmal wollten Luther und Nora diesem festlichen Ereignis möglichst aus dem Weg gehen.

Kinder, Weihnachtssänger und weiß Gott wer noch würden sich auf der Straße tummeln. Höchstwahrscheinlich auch Fahrradbanden, die im Sprechchor »Freiheit für Frosty« forderten, und kleine Terroristen, die Schilder in ihren Vorgarten rammten.

»Wie war die Weihnachtsfeier der Firma?«, erkundigte sich Nora.

»Nach allem, was ich gehört habe, scheint es das Übliche gewesen zu sein. Derselbe Raum, dieselben Kellner, wieder mal Lendenstücke und Soufflé. Slader hat erzählt, dass Stanley Cocktails gekippt hat, bis er voll war wie eine Strandhaubitze.«

Das Fest

»Das ist ja nichts Neues.«

»Seine Rede war wohl auch so ziemlich dieselbe wie im letzten Jahr – hervorragende Leistung, gestiegener Umsatz, nächstes Jahr zeigen wir es den anderen, Wiley & Beck ist eine große Familie, vielen Dank an alle, blabla. Die gewöhnliche Nummer. Ich bin froh, dass wir uns das geschenkt haben.«

»War außer uns noch jemand nicht da?«

»Laut Slader hat sich Maupin aus der Buchprüfung nicht blicken lassen.«

»Ich würde zu gern wissen, was für ein Kleid Jayne getragen hat.«

»Ich werde Slader fragen, der hat sich bestimmt alles genauestens notiert.«

Der Salat wurde serviert. Nora und Luther starrten den jungen Spinat an wie zwei Verhungernde, gossen jedoch langsam und sorgfältig erst das Dressing darüber, fügten dann ein wenig Salz und Pfeffer hinzu und fingen schließlich an zu essen, als würde Nahrung sie überhaupt nicht interessieren.

Auf der *Island Princess* gab es durchgehend warme Küche. Luther hatte vor zu essen, bis er platzte.

An einem Tisch in der Nähe saß eine hübsche, dunkelhaarige junge Dame mit ihrem Freund. Nora sah sie und ließ ihre Gabel sinken.

»Glaubst du, es geht ihr gut, Luther?«

Luther warf einen Blick in den Raum und fragte: »Wem?«

»Blair.«

Er hörte auf zu kauen und dachte über die Frage nach. Nora stellte sie ihm mittlerweile nur noch dreimal am Tag. »Es geht ihr ausgezeichnet, Nora. Sie fühlt sich bestimmt richtig gut.«

Zehn

»Ob sie in Sicherheit ist?« Eine weitere Standardfrage, und auch noch so formuliert, als könne Luther wissen, ob ihre Tochter genau in diesem Moment in Gefahr war oder nicht.

»Das Friedenskorps hat seit dreißig Jahren keinen einzigen freiwilligen Mitarbeiter verloren. Du kannst mir glauben, dass alle dort sehr vorsichtig sind, Nora. Und jetzt iss bitte.«

Sie schob das Grünzeug mit der Gabel hin und her, spießte ein bisschen auf, verlor endgültig das Interesse. Luther aß seinen Teller leer und nahm dann ihren ins Visier. »Willst du das noch?«, fragte er.

Sie tauschten die Teller. Innerhalb kürzester Zeit hatte Luther auch Noras Portion vertilgt. Die Pasta wurde serviert, und diesmal bewachte Nora ihren Teller. Doch nach einigen maßvollen Bissen hielt sie plötzlich mit der Gabel auf halbem Weg zum Mund inne, legte sie ab und sagte: »Wir haben etwas vergessen.«

Luther kaute gerade wie ein Wilder. »Was denn?« Noras Augen hatten sich vor Schreck geweitet.

»Was denn, Nora?«, fragte er noch einmal und schluckte schwer.

»Machen nach der Parade nicht immer die Preisrichter ihre Runde?«

Da erinnerte sich auch Luther. Er ließ für einen Moment die Gabel sinken, nippte an seinem Wasser und starrte mit schmerzerfüllter Miene ins Leere. Ja, das stimmte in der Tat.

Nach der Parade tourte ein Komitee des für Grünanlagen und Spielplätze zuständigen Amtes auf einem Festwagen durch die Nachbarschaft und beurteilte die Manifestationen der weihnachtlichen Stimmung. Die Preisrichter vergaben Einzelauszeichnungen in verschiedenen Kategorien – Originelles Design,

Das Fest

Festliche Beleuchtung und so weiter. Und sie überreichten der Straße mit der schönsten Dekoration den Hauptpreis. Hemlock Street hatte das Blaue Band schon zweimal gewonnen.

Im Jahr zuvor war Hemlock nur auf dem zweiten Platz gelandet, dem Straßenklatsch zufolge in erster Linie deswegen, weil von den zweiundvierzig Häusern zwei keinen Frosty auf dem Dach gehabt hatten. Damals war überraschend Boxwood Lane – drei Häuserblocks nördlich von Hemlock Street – ins Rennen getreten, und zwar mit einer blendenden Reihe von übergroßen, beleuchteten Zuckerstangen. »Candy Cane Lane«, wie die Bewohner ihre Straße umgetauft hatten, hatte Hemlock den Preis weggeschnappt. Frohmeyer hatte einen Monat lang Memos zirkulieren lassen.

Damit war der Abend bei Angelo's verdorben. Nora und Luther pickten sich wie zwei Vögel durch ihre Pasta und schlugen so viel Zeit tot wie möglich. Beide bestellten nach dem Essen noch je zwei Tassen entkoffeinierten Kaffee. Sie warteten, bis sie die letzten Gäste waren, dann bezahlte Luther die Rechnung und sie fuhren nach Hause – sehr langsam.

❄

Hemlock Street gehörte tatsächlich wieder zu den Verlierern. Luther holte am folgenden Morgen noch im Halbdunkel die *Gazette* ins Haus und blickte entsetzt auf die erste Seite des Lokalteils. Dort waren die Gewinner der Preise aufgelistet – erster Platz für Cherry Avenue, zweiter für Boxwood Lane, dritter für Stanton Street. Die Trogdons von gegenüber mit ihren mehr als

Zehn

vierzehntausend Lichtern waren in der Kategorie »Festliche Beleuchtung« auf dem vierten Platz gelandet.

In der Mitte der Seite prangte ein aus einiger Entfernung aufgenommenes großes Farbfoto von einem Teil der Krankschen Straßenseite. Luther betrachtete es eingehend und versuchte, den genauen Winkel zu bestimmen. Der Fotograf hatte die Aufnahme von oben und mit einem Weitwinkelobjektiv gemacht, so dass sie beinahe wie eine Art Luftbild wirkte.

Das Haus der Beckers nebenan schien auf dem Foto geradezu zu glühen. Und bei den Kerrs auf der anderen Seite zeichneten Tausende Glühbirnchen perfekt die Umrisse von Haus und Rasen nach, immer abwechselnd rot und grün.

Das Domizil der Kranks war dunkel.

Rechts im Bild konnte man die Häuser der Frohmeyers, Nugents und Galdys erkennen, alle mit warmer Beleuchtung und Frostys auf dem Dach. Zur Linken erstrahlten die Häuser der Dents, Sloanes und Bellingtons in weihnachtlicher Pracht.

Das Domizil der Kranks war sehr dunkel.

»Scheel«, brummelte Luther vor sich hin. Das Foto konnte nur von gegenüber geschossen worden sein. Walt Scheel musste dem Fotografen erlaubt haben, auf das Dach seines Hauses zu klettern und mit einem Weitwinkel nach unten zu halten. Wahrscheinlich hatte die ganze Straße ihn angefeuert.

Unter dem Bild stand ein kurzer Artikel. Er trug die Überschrift »WEIHNACHTEN FÄLLT AUS« und lautete:

Das Haus von Mr und Mrs Luther Krank wirkt zur diesjährigen Weihnachtszeit recht düster. Während ihre Nachbarn

Das Fest

in der Hemlock Street Dekorationen anbringen und sich eifrig auf die Ankunft des Weihnachtsmannes vorbereiten, lassen die Kranks das Fest ausfallen und wollen ungenannten Quellen zufolge stattdessen auf eine Kreuzfahrt gehen. Sie haben keinen Baum, keine Lichterketten und als einziges Haus in der Hemlock Street keinen Frosty auf dem Dach – bei den Kranks muss der Schneemann weiterhin sein Leben im Keller fristen. (Hemlock Street, mehrmaliger Gewinner des Straßendekorationswettbewerbs der *Gazette*, landete in diesem Jahr abgeschlagen auf dem sechsten Platz.) »Hoffentlich sind sie jetzt zufrieden«, beklagte sich ein unbekannter Nachbar. »Ein ganz mieser Fall von Egoismus«, kommentierte ein anderer.

Wenn Luther gekonnt hätte, wäre er hinausgestürmt und hätte einen verdammten Frosty nach dem andern von den Dächern seiner Nachbarn geholt.

Stattdessen saß er lange Zeit mit einem Knoten im Magen am Küchentisch und versuchte sich selbst davon zu überzeugen, dass auch dies vorübergehen würde. Bis zu ihrer Abreise waren es nur noch vier Tage, und wenn sie wiederkamen, würden die verdammten Frostys alle weggepackt und die Lichterketten und Bäume verschwunden sein. Doch dafür würde sich eine Flut von Rechnungen in die Briefkästen ergießen – vielleicht brachten seine wunderbaren Nachbarn ja dann ein bisschen mehr Verständnis für ihn und Nora auf.

Luther blätterte den Rest der Zeitung durch, konnte sich aber nicht mehr konzentrieren. Schließlich fasste er einen Entschluss,

Zehn

biss die Zähne zusammen und überbrachte die schlechten Neuigkeiten seiner Frau.

»Was für eine scheußliche Art, geweckt zu werden«, murmelte Nora und warf einen Blick auf das Foto in der Zeitung. Sie rieb sich die Augen und blinzelte.

»Dieser Schwachkopf Walt Scheel hat dem Fotografen erlaubt, auf sein Dach zu steigen«, sagte Luther.

»Bist du sicher?«

»Selbstverständlich bin ich sicher. Sieh dir die Aufnahme doch mal genau an.«

Sie betrachtete das Bild eingehender und las dann auch den Artikel darunter. Bei »... ganz mieser Fall von Egoismus« schnappte sie nach Luft.

»Wer hat das gesagt?«, wollte sie wissen.

»Entweder Scheel oder Frohmeyer. Wer weiß? Ich gehe jetzt unter die Dusche.«

»Wie können sie es wagen!«, rief Nora. Sie starrte immer noch auf das Foto.

Gutes altes Mädchen, dachte Luther. Werde ruhig wütend. Aber bleib standhaft. Nur noch vier Tage – jetzt machen wir ganz gewiss nicht mehr schlapp.

Nach dem Abendessen und einem vergeblichen Versuch, fernzusehen, entschloss sich Luther zu einem Spaziergang. Er hüllte sich in seinen Mantel und wickelte einen Wollschal um seinen Hals, denn draußen lag die Temperatur unter dem Gefrierpunkt,

Das Fest

und es bestand Aussicht auf Schnee. Er und Nora hatten eines der ersten Häuser in der Hemlock Street gekauft – er würde sich verdammt noch mal nicht dazu zwingen lassen, sich darin zu verstecken. Dies war *seine* Straße, *seine* Nachbarschaft, *sein* Freundeskreis. Und diese kleine Episode würde schon bald vergessen sein.

Luther vergrub seine Hände tief in den Manteltaschen und schlenderte den Bürgersteig entlang. Die kalte Luft erfrischte seine Lungen.

Er schaffte es bis zum Ende der Straße, bevor Spike Frohmeyer seine Fährte aufnahm und ihn mit dem Skateboard einholte. »Hi, Mr Krank«, sagte er und bremste ab.

»Hallo, Spike.«

»Was treibt Sie denn nach draußen?«

»Ich mache nur einen kleinen Spaziergang.«

»Gefallen Ihnen die Weihnachtsdekorationen?«

»Aber selbstverständlich. Und was führt dich hierher?«

»Ich bewache die Straße«, erwiderte Spike und sah sich dabei um, als stünde eine Invasion bevor.

»Weißt du schon, was du vom Weihnachtsmann bekommst?«

Spike lächelte und dachte eine Sekunde lang nach. »Ich bin nicht sicher, aber wahrscheinlich einen Gameboy, einen Hockeyschläger und ein Schlagzeug.«

»Keine schlechte Ausbeute.«

»Wissen Sie, natürlich glaube ich nicht mehr an den Weihnachtsmann. Aber Mike ist erst fünf, also tun wir immer noch so.«

»Verstehe.«

»Ich muss los. Fröhliche Weihnachten.«

»Dir auch ein frohes Fest, Spike«, sagte Luther und hoffte,

Zehn

dass er die verbotenen Worte damit zum ersten und letzten Mal in diesem Jahr geäußert hatte. Spike verschwand die Straße hinunter. Gewiss würde er sofort nach Hause rasen, um seinem Vater zu berichten, dass Mr Krank sich vor die Tür gewagt hatte und nun auf dem Bürgersteig frei herumlief.

Luther blieb vor dem Schauspiel bei den Trogdons stehen — mehr als vierzehntausend Glühbirnchen, die über Bäume, Sträucher, Fenster und Verandasäulen drapiert waren. Den Platz auf dem Dach teilte sich Frosty mit dem Weihnachtsmann und seinen Rentieren, alle perfekt mit weißen Birnen umrandet. Rudolph hatte natürlich eine knallrote, blinkende Nase. Das Dach selbst wurde von zwei Reihen rot-grüner Lichter gesäumt, die abwechselnd aufleuchteten. Auch der Schornstein war beleuchtet — Hunderte blauer Birnen blinkten gleichzeitig und tauchten den alten Schneemann in ein unheimliches Licht. Entlang der Stechpalme neben dem Haus stand ein Trupp Zinnsoldaten Wache. Sie waren natürlich aus Plastik, dafür jedoch menschengroß und mit bunten Lichterketten behängt. In der Mitte des Rasens war eine schöne Krippe aufgebaut, komplett mit echtem Stroh und einer Ziege, deren Schwanz auf und nieder wippte.

Was für ein Anblick.

Plötzlich drang ein Geräusch aus der Garage neben dem Haus der Trogdons. Eine Leiter klapperte. Das Garagentor stand offen, und Luther konnte im Schatten Walt Scheel erkennen, der mit einer Lichterkette kämpfte. Er ging hinüber und erwischte seinen Nachbarn unvorbereitet. »'n Abend, Walt«, sagte Luther freundlich.

»Na, wenn das mal nicht der alte Scrooge höchstpersönlich ist«, entgegnete Walt mit einem gezwungenen Lächeln. Während

Das Fest

sie sich die Hand gaben, suchten beide nach einer möglichst spitzen, geistreichen Bemerkung. Luther trat einen Schritt zurück, richtete den Blick nach oben und fragte: »Wie ist dieser Fotograf eigentlich da raufgekommen?«

»Welcher Fotograf?«

»Der von der *Gazette*.«

»Ach, der.«

»Ja, der.«

»Er ist geklettert.«

»Was du nicht sagst. Und wieso hast du das zugelassen?«

»Weiß nicht. Er sagte, er wolle die ganze Straße im Bild haben.«

Luther schnaubte und winkte ab. »Ich muss mich ein wenig über dich wundern, Walt«, bemerkte er, obwohl das Gegenteil der Fall war. Seit elf Jahren begegneten sie sich mit oberflächlicher Höflichkeit, denn keiner von beiden wünschte eine offene Fehde. Doch Luther konnte Walt nicht leiden, weil dieser ein Snob war und allen anderen immer um eine Nasenlänge voraus sein musste. Und Walt konnte Luther nicht ausstehen, weil er seit Jahren den Verdacht hatte, dass ihr Einkommen ungefähr gleich hoch war.

»Und ich wundere mich ein wenig über dich«, erwiderte Walt. Keiner von beiden war im Geringsten überrascht.

»Ich glaube, da drüben ist gerade eine Birne kaputtgegangen«, stellte Luther fest und wies auf einen Strauch, der mit Hunderten von Lichtern verziert war.

»Ich mache mich gleich an die Arbeit.«

»Bis dann«, sagte Luther und schlenderte davon.

»Fröhliche Weihnachten!«, rief Walt ihm nach.

»Ja, ja.«

elf

Die Büroparty der Firma Wiley & Beck würde wie in jedem Jahr mit einem Mittagsbüfett beginnen, geliefert von zwei griechischen Brüdern, die miteinander im Dauerclinch lagen, aber das beste Baklava der Stadt herstellten. Um exakt elf Uhr fünfundvierzig öffnete dann die Bar – oder vielmehr drei Bars, und schon bald danach ging es feuchtfröhlich zu. Stanley Wiley würde als Erster sternhagelvoll sein und behaupten, das liege ganz allein an dem vielen Alkohol im Eierflip. Dann würde er sich im Konferenzraum auf eine Kiste stellen und dieselbe Rede halten wie bei der offiziellen Weihnachtsfeier eine Woche zuvor. Danach überreichten die Partner und Angestellten ihm traditionsgemäß sein Geschenk – ein Gewehr, einen neuen Golfschläger oder irgendeine andere Nutzlosigkeit, angesichts der

Das Fest

Stanley vor Rührung beinahe in Tränen ausbrechen und die er einige Monate später in aller Stille an einen Kunden weiterverschenken würde. Es folgten weitere Präsente, ein paar Reden und Witze und mit steigendem Alkoholkonsum ein oder zwei Liedchen. Vor einigen Jahren waren einmal zwei männliche Stripper aufgetreten und hatten sich zur Musik aus einem dröhnenden Ghettoblaster bis auf ihre Tangas mit Leopardenmuster entblättert, während die Herren in Deckung gingen und die Sekretärinnen vor Entzücken kreischten. Luthers Sekretärin Dox hatte am lautesten gequietscht und besaß immer noch Fotos von den Burschen. Im neuen Jahr hatte Stanley dann ein Memo verfasst, das Auftritte von Strippern in alle Zukunft untersagte.

Um fünf Uhr nachmittags würde die Party so weit vorangeschritten sein, dass einige der korrektesten, gesetztesten Buchhalter einige der hausbackensten Sekretärinnen befummelten oder dies zumindest versuchten. Es gehörte schon fast zum guten Ton, sich voll laufen zu lassen. Bevor Stanley nach Hause gehen konnte, mussten ihn ein paar Freiwillige in sein Büro schleifen und ihm literweise Kaffee einflößen. Die Firma stellte Wagen mit Chauffeuren bereit, damit niemand auf die Idee kam, selbst zu fahren.

Alles in allem war die Party eine ziemliche Schweinerei. Aber die männlichen Mitarbeiter freuten sich jedes Mal darauf, weil sie ein anständiges Saufgelage zu schätzen wussten, vor allem, wenn es ohne Ehefrauen stattfand. Diese waren auf der schicken, offiziellen Weihnachtsfeier angemessen unterhalten worden und wurden nie zur internen Party eingeladen. Die Sekretärinnen wiederum liebten die Büroparty, weil sie dort Dinge sahen und

Elf

hörten, die sie das ganze nächste Jahr über als Mittel zur Erpressung verwenden konnten.

Luther hasste die Party. Er trank wenig, betrank sich niemals und fand es jedes Mal furchtbar peinlich, mit ansehen zu müssen, wie seine Kollegen sich lächerlich machten.

Diesmal blieb er bei abgeschlossener Tür in seinem Büro sitzen und beschäftigte sich bis zur letzten Minute mit irgendwelchen Nebensächlichkeiten. Kurz nach elf Uhr ertönte vom anderen Ende des Korridors Musik. Luther passte einen geeigneten Moment ab und verschwand. Es war der dreiundzwanzigste Dezember. Er würde erst am sechsten Januar zurückkommen, und bis dahin würde bei Wiley & Beck wieder Normalität eingekehrt sein.

Ein Glück, dass er das hinter sich hatte.

Er ging noch einmal beim Reisebüro vorbei, um sich von Biff zu verabschieden, doch sie war schon fort – zum Pauschalurlaub in einer fabelhaften neuen Ferienanlage in Mexiko. Luther lief zu seinem Wagen und war ziemlich stolz darauf, dass er dem Wahnsinn in der sechsten Etage entkommen war. Dann machte er sich auf den Weg zum Einkaufszentrum, wo er sich noch einmal in den Bronzomat legen und danach einen Abschiedsblick auf all die Idioten werfen wollte, die beinahe bis zur letzten Minute gewartet hatten und nun kaufen mussten, was in den Geschäften übrig war. In den Straßen herrschte dichter Verkehr, und als Luther sich endlich bis zum Einkaufszentrum durchgequält hatte, blockierte ein Polizist die Parkplatzeinfahrt. Alle Plätze belegt. Hier kommt keiner mehr rein. Kehren Sie um.

Mit Vergnügen, dachte Luther.

Das Fest

Er war mit Nora zum Mittagessen in einem Bistro verabredet. Sie hatten tatsächlich einen Tisch reservieren lassen müssen, was ansonsten das ganze Jahr über völlig unnötig war. Luther kam zu spät. Nora hatte rotgeweinte Augen.

»Ich habe heute Morgen mit Bev Scheel gesprochen«, sagte sie. »Sie war gestern beim Check-up. Der Krebs ist wieder da, zum dritten Mal.«

Obwohl Luther und Walt nicht gerade die besten Freunde waren, hatten ihre Ehefrauen im Laufe der Jahre ein gutes Verhältnis zueinander entwickelt.

»Er hat auf ihre Lunge übergegriffen«, sagte Nora und wischte sich die Augen. Sie und Luther bestellten Mineralwasser. »Und die Ärzte haben den Verdacht, dass auch schon in Leber und Nieren Metastasen sind.«

Luther zuckte zusammen. »Das ist ja furchtbar«, bemerkte er leise.

»Es könnte ihr letztes Weihnachten sein.«

»Hat ihr Arzt das gesagt?«, erkundigte er sich, wie immer skeptisch angesichts von Laiendiagnosen.

»Nein, das sage ich.«

Sie unterhielten sich viel zu lange über die Scheels, und als Luther endgültig genug hatte, warf er ein: »In achtundvierzig Stunden geht es los. Prost.« Sie stießen mit Mineralwasser an, wobei Nora zaghaft lächelte.

Als sie ihre Salatportionen zur Hälfte aufgegessen hatten, fragte Luther: »Bereust du es?«

Nora schüttelte den Kopf, schluckte und erwiderte: »Ach, den Baum habe ich tatsächlich manchmal vermisst, und die Dekora-

Elf

tion, die Musik und die Erinnerungen ... Aber die Staus, das Einkaufen und den ganzen Stress bestimmt nicht. Das war eine großartige Idee, Luther.«

»Ich bin eben ein Genie.«

»Bloß keine Übertreibung. Was meinst du – ob Blair überhaupt daran denkt, dass Weihnachten ist?«

»Wenn sie Glück hat, nicht. Ich bezweifle es«, sagte Luther mit vollem Mund. »Sie arbeitet da unten doch mit einem Haufen wilder Heiden, die Flüsse und dergleichen anbeten. Warum sollten die sich Zeit für Weihnachten nehmen?«

»Wilde Heiden? Das ist aber ein bisschen derb ausgedrückt, Luther.«

»Nur ein Scherz, Liebling. Diese Leute sind bestimmt alle ganz sanftmütig und nett. Keine Sorge!«

»Sie hat geschrieben, dass sie nie auf einen Kalender guckt.«

»Das ist doch toll! Ich habe zwei Kalender in meinem Büro und vergesse trotzdem ständig, welcher Tag gerade ist.«

Millie aus dem Frauenverein platzte dazwischen, umarmte Nora und wünschte Luther fröhliche Weihnachten. Bei jeder anderen wäre er verärgert gewesen, doch Millie war groß, schlank und sehr attraktiv für eine Frau ihres Alters – sie war Anfang fünfzig.

»Hast du schon von Bev Scheel gehört?«, flüsterte Millie, als hätte Luther sich plötzlich in Luft aufgelöst. Nun wurde er doch mürrisch und betete im Stillen, er möge niemals mit irgendeiner schrecklichen Krankheit geschlagen werden. Nicht in dieser Stadt. Die Vereinsfrauen würden wohl eher davon erfahren als er selbst.

Das Fest

Lieber ein Herzinfarkt oder ein Autounfall, etwas, das schnell geht. Etwas, das nicht herumgeflüstert wird, während ich dahinsieche.

Schließlich verabschiedete sich Millie. Luther und Nora aßen ihren Salat auf. Hungrig bezahlte er die Rechnung und ertappte sich wieder einmal dabei, wie er von den üppigen Tafelfreuden auf der *Island Princess* träumte.

Nora hatte noch Besorgungen zu machen. Luther nicht. Er fuhr heim in die Hemlock Street, stellte den Wagen in der Auffahrt ab und war erleichtert, dass keine Nachbarn vor dem Haus herumlungerten. Dafür fand er im Briefkasten vier weitere anonyme Frosty-Weihnachtskarten, diesmal mit den Poststempeln von Rochester, Fort Worth, Green Bay und St. Louis. Frohmeyers Kollegen an der Universität gingen oft auf Reisen, und Luther vermutete, dass sie sich einen Spaß aus diesem Spielchen machten. Frohmeyer selbst war rastlos und kreativ genug, um der Kopf einer solchen Verschwörung zu sein. Bisher hatten Nora und Luther einunddreißig Karten erhalten, zwei davon sogar aus Vancouver. Luther hob sie alle auf, denn er wollte sie nach seiner Rückkehr aus der Karibik in einen großen Umschlag stopfen und per Post zwei Häuser weiter zu Vic Frohmeyer schicken – selbstverständlich anonym.

»Dann bekommt er sie gleichzeitig mit all seinen Kreditkartenrechnungen«, murmelte Luther und legte die vier Karten in die Schublade zu den anderen. Er entzündete ein Feuer im Kamin, machte es sich unter einer Decke in seinem Sessel gemütlich und schlief ein.

Elf

An jenem Abend ging es in der Hemlock Street hoch her. Ganze Banden wild gewordener Weihnachtssänger wechselten sich vor dem Haus der Kranks ab. Häufig wurden die Reihen noch durch Nachbarn verstärkt, die sich von der Euphorie des Augenblicks mitreißen ließen. Als der Chor des Lions Club seinen Auftritt hatte, brach hinter ihm Sprechgesang los. »Wir wollen Frosty!«

Kurz darauf tauchten wieder selbstgebastelte Schilder auf, die »Freiheit für Frosty« forderten. Das erste wurde von keinem Geringeren als Spike Frohmeyer in den Boden gehämmert. Er und seine kleine Clique rasten auf Skateboards und Fahrrädern johlend die Straße rauf und runter und lebten in vollen Zügen ihren vorweihnachtlichen Überschwang aus.

Schließlich kam eine Art improvisiertes Straßenfest zustande. Trish Trogdon kochte heißen Kakao für die Kinder, während ihr Mann Wes vor dem Haus Lautsprecher aufbaute. Schon bald hallten »Frosty der Schneemann« und »Jingle Bells« durch die Nacht und wurden nur dann unterbrochen, wenn ein echter Chor eintraf, um den Kranks ein Ständchen zu bringen. Wes spielte eine Auswahl der schönsten Weihnachtslieder, aber sein absoluter Lieblingssong an diesem Abend war »Frosty«.

Das Haus der Kranks blieb dunkel und still, verrammelt und verriegelt. Nora stand im Schlafzimmer vor dem Kleiderschrank und überlegte, was sie einpacken sollte. Luther saß im Keller und versuchte zu lesen.

Zwölf

Heiligabend. Luther und Nora wurden kurz vor sieben Uhr vom Klingeln des Telefons geweckt. »Kann ich bitte mal mit Frosty sprechen?«, ertönte die Stimme eines Teenagers, doch ehe Luther eine passende Antwort abfeuern konnte, wurde schon wieder aufgelegt. Er schaffte es, darüber zu lachen, sprang aus dem Bett, tätschelte seinen ziemlich straffen Bauch und sagte: »Die Inseln warten auf uns, Liebling. Lass uns packen.«

»Hol mir Kaffee«, muffelte Nora und vergrub sich tiefer unter der Decke.

Draußen war es kalt, der Himmel war bewölkt, und die Chancen auf eine weiße Weihnacht standen fünfzig zu fünfzig. Luther hatte überhaupt keine Lust auf Schnee. Nora würde nur

Zwölf

wehmütig werden, wenn es an Heiligabend schneite. Sie war in Connecticut aufgewachsen, wo es ihrer Aussage nach jedes Jahr zu Weihnachten weiß gewesen war.

Und außerdem könnte Schnee den Flug gefährden.

Luther blieb an genau der Stelle vor dem Wohnzimmerfenster stehen, die sonst immer von ihrem Weihnachtsbaum eingenommen wurde, schlürfte seinen Kaffee und warf einen prüfenden Blick über den Rasen. Er wollte sichergehen, dass er nicht von Spike Frohmeyer und seiner Bande Gesetzloser verwüstet worden war. Dann sah er hinüber zum Haus der Scheels. Trotz all der Lichterketten und Dekorationen wirkte es düster. Dort drinnen tranken Walt und Bev vielleicht auch gerade Kaffee, erledigten völlig mechanisch die üblichen Handreichungen und wussten doch beide, dass dies möglicherweise ihr letztes gemeinsames Weihnachtsfest war. Einen Moment lang verspürte Luther leichtes Bedauern darüber, Weihnachten ganz gestrichen zu haben, aber das Gefühl ging schnell vorüber.

Nebenan bei den Trogdons sahen die Dinge schon wieder ganz anders aus. Sie pflegten den seltsamen Brauch, die Bescherung am Morgen des vierundzwanzigsten vorzunehmen, einen Tag vor allen anderen. Anschließend luden sie ihren Kleintransporter voll und fuhren für eine Woche in den Skiurlaub, den sie jedes Jahr in derselben Hütte verbrachten. Trogdon hatte einmal erzählt, dass ihr Weihnachtsessen in einem großen Raum aus groben Steinquadern vor einem prasselnden Kaminfeuer stattfand – mit dreißig anderen Trogdons. Sehr gemütlich, fantastische Pisten, die Kinder seien jedes Mal begeistert, und alle Familienmitglieder kämen gut miteinander aus.

Das Fest

Nun, jedem das Seine.

Die Trogdons waren also schon dabei, stapelweise Geschenke auszupacken. Luther machte rund um ihren Baum Bewegung aus und wusste, dass es nun nicht mehr lange dauern konnte, bis sie Kisten und Taschen zu ihrem Wagen schleppen und sich währenddessen anbrüllen würden. Die Kinder hätten eigentlich gar nicht so viele Geschenke verdient etc. etc.

Davon abgesehen war auf der Straße alles ruhig. Hemlock wappnete sich für die Feierlichkeiten.

Luther trank noch einen Schluck und grinste selbstzufrieden in die Welt. Am vierundzwanzigsten sprang Nora normalerweise vor Tag und Tau aus dem Bett und begann, eine lange Liste abzuarbeiten. Ihm gab sie eine noch längere. Um sieben Uhr morgens hatte sie schon den Truthahn im Ofen, das Haus tadellos sauber, die Tische für die Party gedeckt und ihren vollkommen erledigten Ehemann hinaus in den Dschungel geschickt, wo er sich mit seiner Liste durch den Verkehrsstau und das Gedränge in den Geschäften kämpfen musste. Den ganzen Tag lang schnauzten sie einander an, entweder von Angesicht zu Angesicht oder am Handy. Er vergaß etwas und wurde wieder auf die Straße beordert. Er machte etwas kaputt, und die Welt ging unter.

Das totale Chaos. Und um sechs Uhr abends, wenn sie beide erschöpft waren und die anstehenden Feiertage eigentlich schon satt hatten, trafen ihre Gäste ein, ebenfalls hundemüde von all der Weihnachtshektik. Aber wie jedes Jahr hielten sie eisern durch und machten das Beste daraus.

Die Weihnachtsparty der Kranks hatte einmal mit einem Dutzend Freunde begonnen, die auf Appetithäppchen und Drinks

Zwölf

vorbeigekommen waren. Doch im vergangenen Jahr hatten sie sage und schreibe fünfzig Leute beköstigt.

Luthers selbstzufriedenes Grinsen wurde noch breiter. Er genoss die Stille in seinem Haus und die Aussicht auf einen Tag, an dem er nichts anderes zu tun hatte als ein paar Kleidungsstücke in einen Koffer zu werfen und sich im Geiste auf endlose Sandstrände vorzubereiten.

Er und Nora frühstückten spät – fade schmeckendes Kleiemüsli und Joghurt. Sie unterhielten sich leise und freundlich über die *Gazette* hinweg. Nora versuchte tapfer, die Erinnerung an vergangene Weihnachtsfeste zu verdrängen und stattdessen Begeisterung für die bevorstehende Reise aufzubringen.

»Glaubst du, dass es ihr gut geht?«, fragte sie schließlich.

»Es geht ihr ausgezeichnet«, sagte Luther ohne aufzusehen.

Sie stellten sich an das vordere Wohnzimmerfenster, beobachteten die Trogdons und unterhielten sich über die Scheels. Langsam wurde die Straße belebter, viele wagten sich ein letztes Mal hinaus in den Wahnsinn. Ein Lieferwagen hielt vor dem Haus. Butch vom Paketdienst sprang mit einem Päckchen vom Fahrersitz und kam auf die Tür zugelaufen. Luther öffnete, ehe Butch klingeln konnte.

»Fröhliche Weihnachten«, sagte Butch kurz angebunden und warf Luther die Schachtel praktisch an den Kopf. Eine Woche zuvor, während einer Liefertour mit weniger Stress, war Butch noch für eine Weile im Türrahmen stehen geblieben und hatte auf sein alljährliches Trinkgeld gewartet. Luther hatte ihm erklärt, dass im Hause Krank in diesem Jahr kein Weihnachten gefeiert wurde. Sehen Sie, Butch – wir haben keinen Baum. Keine

127

Das Fest

Dekorationen. Keine Geschenke. Keine Lichterketten in den Sträuchern, keinen Frosty auf dem Dach. Wir schenken uns das Ganze, Butch. Keine Kalender von der Polizei, keine Christstollen von der Feuerwehr. Überhaupt nichts, Butch.

Und auch Butch war mit überhaupt nichts gegangen.

Das Päckchen kam von einem Versandhaus namens Boca Beach. Luther war im Internet auf den Laden gestoßen. Er nahm die Schachtel mit ins Schlafzimmer, schloss die Tür ab und zog sich ein Ensemble aus Hemd und Shorts an, das schon im Katalog ein wenig unkonventionell gewirkt hatte, an Luther jedoch geradezu knallig aussah.

Nora klopfte an die Tür und fragte: »Was ist denn, Luther?«

Auf dem Ensemble prangte Meeresfauna und -flora in Gelb, Aquamarin und Dunkelgrün, darunter große, fette Fische, denen Luftblasen aus den Mäulern stiegen. Verrückt – zugegeben. Lächerlich – auch das.

Doch Luther beschloss auf der Stelle, dass er dieses Outfit lieben und voller Stolz an einem der Pools auf der *Island Princess* zur Schau tragen würde. Dann riss er die Tür auf. Nora schlug die Hände vor den Mund und begann hysterisch zu lachen. Er stolzierte den Flur entlang, während seine Frau hinter ihm sich die Seiten hielt. Luthers tiefbraune Füße bildeten einen scharfen Kontrast zu dem khakifarbenen Teppich. Luther marschierte ins Wohnzimmer und stellte sich mit stolzgeschwellter Brust ans Fenster, damit ganz Hemlock Street ihn sehen konnte.

»*Das* willst du anziehen? Das ist nicht dein Ernst!«, johlte Nora.

»Das ist mein voller Ernst!«

Zwölf

»Dann komme ich nicht mit!«

»Natürlich kommst du mit.«

»Es sieht grauenhaft aus.«

»Du bist doch bloß neidisch, weil du nicht so ein tolles Outfit hast.«

»Im Gegenteil – ich bin froh, dass ich so etwas nicht habe.«

Luther packte sie und tanzte ausgelassen mit ihr durch das Zimmer. Nora lachte Tränen über ihren Ehemann – ein verkniffener Steuerberater in einem faden Verein wie Wiley & Beck, der versuchte, wie ein Strandgigolo auszusehen. Was vollkommen danebengegangen war.

Das Telefon klingelte.

Luther erinnerte sich später daran, dass er und Nora beim zweiten oder vielleicht auch dritten Klingeln mit dem Tanzen und Lachen aufhörten, aus irgendeinem Grund innehielten und den Apparat anstarrten. Es klingelte noch einmal. Luther ging zögernd auf den Apparat zu und hob ab. In diesem Moment herrschte Totenstille, und alles schien wie in Zeitlupe abzulaufen.

»Hallo?«, sagte er. Merkwürdigerweise fühlte sich der Hörer plötzlich schwerer an als zuvor.

»Hallo, Daddy, ich bin es.«

Einerseits war Luther überrascht, andererseits auch wieder nicht. Verblüfft, Blairs Stimme zu hören, aber überhaupt nicht verblüfft, dass sie es irgendwie geschafft hatte, an ein Telefon zu kommen, um ihre Eltern anzurufen und ihnen fröhliche Weihnachten zu wünschen. Schließlich gab es auch in Peru Telefonapparate.

Das Fest

Aber ihre Worte waren so klar und verständlich! Luther konnte sich kaum vorstellen, dass seine geliebte Tochter im Dschungel auf einem Baumstumpf saß und in ein tragbares Satellitentelefon brüllte.

»Es ist Blair«, sagte er. Mit einem Satz war Nora an seiner Seite.

»Miami« war das nächste Wort, das Luther registrierte. Die Wörter vorher und nachher vergaß er, doch dieses eine setzte sich in seinem Gehirn fest. Das Gespräch dauerte erst wenige Sekunden, aber schon hatte Luther das Gefühl, als stünde ihm das Wasser bis zum Hals. In seinem Kopf drehte sich alles.

»Wie geht es dir, Schatz?«, fragte er.

Ein paar Wörter, dann wieder »Miami«.

»Du bist in Miami?«, rief Luther mit hoher, trockener Stimme. Hastig hielt Nora ihr Ohr so nahe wie möglich an den Hörer. Ihre Augen waren nur noch Zentimeter von Luthers entfernt und blickten hart und wild.

Luther hörte zu. Dann wiederholte er: »Du bist in Miami und kommst nach Hause, um mit uns Weihnachten zu feiern. Das ist ja wundervoll, Blair!« Nora riss ihren Mund weiter auf, als Luther es jemals zuvor gesehen hatte.

Wieder lauschte er. »Wer? Enrique?« Dann stieß er mit voller Lautstärke hervor: »Dein Verlobter! Was für ein Verlobter?«

Nora hatte einen Geistesblitz und drückte den Knopf für die Freisprecheinrichtung. Blairs Worte tönten aus dem Lautsprecher und hallten durch das Wohnzimmer: »Er ist ein peruanischer

Zwölf

Arzt, den ich direkt nach meiner Ankunft hier kennen gelernt habe, und er ist einfach wunderbar. Wir haben uns auf den ersten Blick ineinander verliebt und nach einer Woche beschlossen zu heiraten. Er ist noch nie in den Staaten gewesen und ganz aufgeregt. Ich habe ihm schon von Weihnachten hier erzählt – von dem Baum, den Dekorationen, Frosty auf dem Dach, der Weihnachtsparty ... einfach von allem. Schneit es bei euch, Daddy? Enrique hat noch nie weiße Weihnachten erlebt.«

»Nein, Liebes, es schneit noch nicht. Ich gebe dir mal deine Mutter.« Luther reichte Nora das Telefon. Sie nahm es entgegen, obwohl das eigentlich unnötig war.

»Blair – wo bist du, Schatz?«, fragte Nora und schaffte es tatsächlich, begeistert zu klingen.

»Im Flughafen von Miami, Mom. Wir werden um kurz nach sechs zu Hause sein. Enrique wird dir bestimmt gefallen, er ist so lieb, und außerdem sieht er einfach umwerfend aus! Wir sind vollkommen verrückt nacheinander. Die Hochzeit können wir ja alle zusammen besprechen, sobald wir da sind. Ich hatte an nächsten Sommer gedacht, was meinst du?«

»Äh ... wir werden sehen.«

Luther ließ sich wie vom Schlag getroffen auf das Sofa fallen.

Blair plapperte überschwänglich weiter. »Ich habe ihm alles über Weihnachten in der Hemlock Street erzählt, über die Kinder, die Frostys, die große Feier in unserem Haus ... Ihr gebt doch auch in diesem Jahr die Party, nicht wahr, Mom?«

Luther stöhnte, dem Tode nahe, und Nora beging den ersten Fehler. Angesichts der Panik des Augenblicks konnte man ihr keinen Vorwurf aus ihrer Verwirrung machen. Was sie *hätte* erwidern

131

Das Fest

sollen und wovon sie hinterher wünschte, sie *hätte* es gesagt, und was Luther im Nachhinein als einzig mögliche Antwort bezeichnete, war Folgendes: »Nein, Schatz, wir geben dieses Jahr keine Party.«

Aber in jenem Moment war überhaupt nichts klar, deshalb sagte Nora: »Selbstverständlich.«

Luther stöhnte noch einmal auf. Nora starrte ihn an, den gefallenen Strandgigolo in seinem lächerlichen Kostüm, der dalag wie angeschossen. Sie hätte ihm am liebsten den Hals umgedreht.

»Wie schön! Enrique wollte immer schon einmal Weihnachten in den Staaten miterleben. Ist das nicht eine wundervolle Überraschung, Mom?«

»Oh, Liebling, ich freue mich so«, presste Nora hervor — gerade überzeugend genug. »Wir werden viel Spaß haben.«

»Aber bitte keine Geschenke, Mom. Das musst du mir versprechen. Ich wollte euch mit meiner Heimkehr überraschen, aber ich möchte nicht, dass du und Daddy jetzt noch in der Stadt herumrennt und einen Haufen Geschenke kauft. Versprochen?«

»Versprochen.«

»Super. Ich kann es kaum erwarten, nach Hause zu kommen.«

Du bist doch erst seit einem Monat fort!, hätte Luther am liebsten gerufen.

»Und das ist auch wirklich in Ordnung, Mom?« Als hätten Luther und Nora eine Wahl. Als könnten sie sagen: »Nein, Blair, du kannst zu Weihnachten nicht nach Hause kommen. Kehr um und geh zurück in den Dschungel, Schatz.«

»Ich muss los. Wir fliegen von hier nach Atlanta und dann weiter nach Hause. Könnt ihr uns am Flughafen abholen?«

Zwölf

»Natürlich, Schatz«, antwortete Nora. »Kein Problem. Sagtest du, er sei Arzt?«

»Ja, Mutter, und er ist so wundervoll!«

❄

Luther saß auf der Sofakante, vergrub das Gesicht in den Händen und schien zu weinen. Nora umklammerte mit der einen Hand das Telefon, stemmte die andere in die Hüfte, starrte den Mann auf dem Sofa an und überlegte, ob sie ihm den Apparat an den Kopf werfen sollte oder nicht.

Wider besseres Wissen entschied sie, es nicht zu tun.

Er öffnete die Hände gerade weit genug, um fragen zu können: »Wie viel Uhr ist es?«

»Es ist Viertel nach elf am vierundzwanzigsten Dezember.«

Sie hielten lange wie erstarrt inne, bis Luther bemerkte: »Warum hast du ihr gesagt, dass die Party stattfindet?«

»Weil die Party stattfinden wird.«

»Oh.«

»Ich habe zwar keine Ahnung, wer unsere Gäste sein werden und was sie essen sollen, aber wir geben die Party.«

»Ich bin nicht sicher ...«

»Sei bloß still, Luther! Schließlich war das *deine* blöde Idee.«

»Gestern hast du sie noch nicht blöd gefunden.«

»Tja, aber heute stehst du da wie ein Idiot. Wir werden diese Party schmeißen, Mr Strandgigolo, und wir werden einen Baum aufstellen, mit Schmuck und Lichterketten, und du wirst deinen

Das Fest

kleinen gebräunten Hintern auf das Dach schwingen, um Frosty zu montieren.«

»Nein!«

»Doch!«

Lange Zeit herrschte Schweigen. Luther hörte lediglich das laute Ticken der Küchenuhr. Vielleicht handelte es sich aber auch um sein pochendes Herz. Seine Aufmerksamkeit richtete sich auf die Shorts. Es war erst wenige Minuten her, dass er sie angezogen hatte, in freudiger Erwartung einer zauberhaften Reise ins Paradies.

Nora legte den Hörer auf und ging in die Küche. Bald darauf wurden in einem fort Schubladen aufgezogen und wieder zugeknallt.

Luther starrte weiterhin seine farbenfrohen Shorts an. Jetzt konnte er sie kaum noch ertragen. Die Kreuzfahrt, die Strände, die Inseln, das warme Meer, die opulenten Mahlzeiten – alles vorbei.

Wie konnte es sein, dass ein einziger Anruf so viel veränderte?

Dreizehn

Luther schlurfte langsam in die Küche, wo seine Frau bereits am Tisch saß und Listen aufstellte. »Können wir nicht erst einmal darüber reden?«, bat er.

»Worüber denn, Luther?«, schnappte sie.

»Wir sollten ihr einfach die Wahrheit sagen.«

»Noch so eine blöde Idee.«

»Die Wahrheit ist immer das Beste.«

Nora hörte auf zu schreiben und starrte ihn wütend an. »Jetzt sage *ich* dir mal die Wahrheit, Luther: Uns bleiben weniger als sieben Stunden, um dieses Haus für Weihnachten herzurichten.«

»Sie hätte früher anrufen sollen.«

»Nein, sie ist eben davon ausgegangen, dass wir wie immer

Das Fest

hier feiern, mit Weihnachtsbaum, Geschenken und einer Party. Wie soll sie denn auch auf den Gedanken kommen, dass zwei ansonsten vernünftige Erwachsene Weihnachten einfach ausfallen lassen und stattdessen eine Kreuzfahrt machen wollen?«

»Vielleicht können wir ja trotzdem noch fahren.«

»Vergiss es, Luther! Sie bringt ihren Verlobten mit nach Hause. Oder ist dir das entgangen? Ich bin sicher, dass die beiden mindestens eine Woche bleiben werden. Zumindest hoffe ich es. Vergiss die Kreuzfahrt. Im Augenblick hast du weitaus größere Probleme.«

»Ich stelle Frosty nicht auf.«

»O doch! Und eines sage ich dir: Blair wird niemals etwas von der Kreuzfahrt erfahren, verstanden? Wenn sie wüsste, dass wir so etwas geplant haben und sie uns dazwischengekommen ist, wäre sie untröstlich. Hast du mich verstanden, Luther?«

»Jawohl, gnädige Frau.«

Sie schob ihm ein Blatt Papier hin. »Unser Programm sieht folgendermaßen aus, mein Junge: Du fährst los und kaufst einen Baum. Ich hole die Lichterketten und Dekorationen vom Dachboden. Während du den Baum schmückst, durchkämme ich die Geschäfte nach etwas Essbarem für die Party.«

»Wer soll denn zu dieser Party kommen?«

»So weit bin ich noch nicht. Jetzt beweg dich. Und zieh dich bloß um, du siehst absolut lächerlich aus!«

»Sind Peruaner nicht dunkelhäutig?«, fragte er.

Nora erstarrte für eine Sekunde. Sie und Luther warfen sich einen Blick zu und sahen dann betreten zu Boden. »Das macht jetzt wohl auch nichts mehr aus«, sagte sie.

Dreizehn

»Sie wird ihn doch nicht wirklich heiraten, oder?«, stieß Luther ungläubig hervor.

»Über die Hochzeit können wir uns Gedanken machen, wenn wir Weihnachten überlebt haben.«

❄

Luther stürzte zu seinem Wagen, startete den Motor, setzte im Rückwärtsgang die Auffahrt hinunter und raste davon. Wegfahren war einfach. Zurückkommen – das würde der unangenehme Teil werden.

Schon kurz darauf stockte der Verkehr, und während Luther in der Blechlawine festsaß, regte er sich auf und wütete und fluchte. Tausend Gedanken schossen durch sein überstrapaziertes Gehirn. Vor einer Stunde hatte er noch den friedlichen Morgen genossen, seine dritte Tasse Kaffee getrunken und so weiter und so weiter. Und nun war er lediglich ein weiterer Verlierer, der im Stau stand, während ihm die Zeit davonlief.

Auf dem Parkplatz eines Supermarkts bot eine Pfadfindergruppe Weihnachtsbäume an. Luther brachte den Wagen schleudernd zum Stehen und sprang hinaus. Auf dem Platz befand sich genau noch ein Pfadfinder, ein Gruppenführer und ein Baum. Das Geschäft schien für dieses Jahr so gut wie gelaufen zu sein.

»Fröhliche Weihnachten, Mr Krank!«, rief der Gruppenführer, der Luther irgendwie bekannt vorkam. »Joe Scanlon ist mein Name. Vor ein paar Wochen habe ich mit einem Baum vor Ihrem Haus gestanden.«

Luther hörte ihm zu, glotzte gleichzeitig jedoch den letzten

Das Fest

Baum an, eine verwachsene, dürre Krüppelkiefer, die aus guten Gründen bisher keinen Käufer gefunden hatte. »Ich nehme ihn«, sagte Luther und zeigte auf das Gestrüpp.

»Wirklich?«

»Sicher. Wie viel?«

An dem Transporter lehnte ein handgeschriebenes Schild, das verschiedene Preise auflistete. Im Laufe der Tage war der Preis für einen Baum von anfangs 75 Dollar bis auf 15 Dollar gefallen. Alle Ziffern, auch die 15, waren durchgestrichen.

Scanlon zögerte und erwiderte dann: »Fünfundsiebzig Dollar.«

»Wieso nicht fünfzehn?«

»Angebot und Nachfrage.«

»Das ist Wucher.«

»Es ist für die Pfadfinder.«

»Ich gebe Ihnen fünfzig.«

»Fünfundsiebzig. Nehmen Sie ihn oder lassen Sie's bleiben.«

Luther bezahlte, und der Pfadfinder legte einen auseinander gefalteten Pappkarton auf das Dach von Luthers Lexus. Er und Scanlon hievten den Baum auf den Wagen und banden ihn mit Seilen fest. Während Luther den beiden zusah, warf er alle zwei Minuten einen Blick auf seine Armbanduhr.

Kaum war der Baum sicher vertäut, da begannen jede Menge Nadeln auf Motorhaube und Kofferraumdeckel zu rieseln.

»Der Baum braucht Wasser«, erklärte der Pfadfinder.

»Ich dachte, Sie würden Weihnachten gar nicht feiern«, bemerkte Scanlon.

»Frohes Fest«, brummte Luther schroff und stieg in sein Auto.

Dreizehn

»An Ihrer Stelle würde ich nicht zu schnell fahren.«

»Wieso nicht?«

»Die Nadeln sind schrecklich empfindlich.«

Sobald Luther wieder auf der Straße war und im stockenden Verkehr mitkroch, rutschte er so tief wie möglich in seinen Sitz und blickte stur geradeaus. An einer Ampel hielt ein Getränke-laster neben ihm. Er hörte jemanden grölen, sah nach links oben und öffnete sein Fenster. Ein paar wüst aussehende Kerle starrten grinsend zu ihm herunter.

»Hey, Kumpel, das ist der hässlichste Baum, den ich je gesehen habe!«, johlte der eine.

»Du hättest ruhig ein bisschen mehr Geld ausgeben können, schließlich ist Weihnachten!«, rief der andere, worauf beide in brüllendes Gelächter ausbrachen.

»Das Ding wird ja schneller kahl als ein Hund mit Räude!«, lautete der nächste Kommentar. Luther ließ das Fenster wieder hoch. Trotzdem konnte er sie noch lachen hören.

Als er sich der Hemlock Street näherte, wurde sein Puls schneller. Mit ein wenig Glück würde er es vielleicht schaffen, ungesehen ins Haus zu kommen. Glück? Wie konnte er nur auf Glück hoffen?

Aber er hatte tatsächlich Glück. Er raste an den Häusern seiner Nachbarn vorbei, nahm die Kurve zu seiner Auffahrt auf zwei Rädern und glitt in die Garage. All dies, ohne einer Menschenseele zu begegnen. Luther sprang aus dem Wagen und zog an den Seilen. Dann hielt er inne und riss ungläubig die Augen auf. Der Baum war vollkommen nackt – außer krummen Ästen und Zweigen war nichts mehr von ihm übrig, auch nicht das

Das Fest

kleinste Fitzelchen Grün. Die empfindlichen Nadeln, von denen Scanlon geredet hatte, wehten zwischen dem Supermarkt und Hemlock Street im Wind.

Es war ein erbärmlicher Anblick. Tot wie Treibholz lag der Baum auf der Pappe.

Luther blickte sich um, suchte mit wirren Augen die Straße ab, riss dann den Baum vom Wagendach und zog ihn durch die rückwärtige Garagentür in den Hinterhof, wo ihn niemand sehen konnte. Er spielte mit dem Gedanken, ihn auf der Stelle mittels eines Streichholzes von seinem Elend zu erlösen, aber für eine solche Zeremonie blieb keine Zeit.

Zum Glück war Nora bereits fort. Luther stapfte ins Haus und lief beinahe in eine Wand aus Kartons, die sie vom Dachboden geholt hatte und die sorgfältig beschriftet waren: neuer Baumschmuck, alter Baumschmuck, Lametta, Lichterketten für drinnen, Lichterketten für draußen. Alles in allem waren es neun Kartons, und es blieb nun Luther überlassen, sie auszupacken und mit ihrem Inhalt den Baum zu dekorieren. Es würde Tage dauern.

Und welchen Baum?!

Neben das Telefon hatte Nora einen Zettel an die Wand geheftet, mit den Namen von vier Ehepaaren, die er anrufen sollte. Sie waren alle sehr enge Freunde, die Art von Freunden, denen man alles beichten und sagen konnte: »Hört mal, wir sitzen in der Tinte. Blair ist auf dem Weg hierher. Bitte vergebt uns und kommt heute Abend zu unserer Party.«

Er wollte sie später anrufen. Aber auf dem Zettel stand ausdrücklich, er solle es sofort tun. Also wählte er die Nummer von Gene und Annie Laird, den wohl ältesten Freunden, die sie in der

Dreizehn

Stadt hatten. Gene meldete sich und musste schreien, um den Krawall im Hintergrund zu übertönen. »Die Enkelkinder!«, erklärte er. »Alle vier. Ist auf dem Luxusdampfer vielleicht noch ein Plätzchen frei, alter Junge?«

Luther biss die Zähne zusammen, schilderte kurz die Sachlage und sprach dann die Einladung aus. »Was für ein Mist!«, brüllte Gene. »Sie kommt heute noch nach Hause?«

»Genau.«

»Und bringt einen Peruaner mit?«

»Du hast es erfasst. Das war wirklich ein ziemlicher Schock. Könnt ihr uns helfen?«

»Tut mir Leid, Kumpel. Wir haben Familienmitglieder aus fünf Bundesstaaten hier.«

»Oh, die sind auch eingeladen. Wir brauchen einen Haufen Leute.«

»Da muss ich erst mal Annie fragen. Wir rufen zurück.«

Luther knallte den Hörer auf, betrachtete die neun großen Kartons und hatte plötzlich eine Idee. Wahrscheinlich war es eine schlechte, aber gute Ideen waren momentan Mangelware. Er rannte in die Garage und starrte durch das offene Tor quer über die Straße zum Haus der Trogdons. Der Kleintransporter stand vollgepackt und mit Skiern auf dem Dachgepäckträger vor der Tür. Wes Trogdon trat gerade mit einem Rucksack aus seiner Garage, den er auch noch im Wagen verstauen wollte. Hastig nahm Luther die Abkürzung durch den Vorgarten der Beckers und rief: »Hey, Wes!«

»Hallo, Luther«, entgegnete Wes gehetzt. »Fröhliche Weihnachten.«

Das Fest

»Ja, frohes Fest.« Sie trafen sich hinter Trogdons Transporter. Luther wusste, dass er schnell handeln musste.

»Hör mal, Wes, ich habe da ein ziemlich großes Problem.«

»Wir sind spät dran, Luther. Eigentlich sollten wir schon seit zwei Stunden unterwegs sein.« Ein kleiner Trogdon flitzte um den Wagen herum und feuerte mit seiner Weltraumwaffe auf ein unsichtbares Ziel.

»Es dauert nur eine Minute«, sagte Luther und versuchte, gelassen zu bleiben, obwohl er es hasste, betteln zu müssen. »Vor einer Stunde hat Blair angerufen. Sie kommt heute Abend nach Hause. Ich brauche einen Weihnachtsbaum.«

Wes' gestresste Miene entspannte sich. Ein Lächeln breitete sich auf seinem Gesicht aus. Dann lachte er.

»Ich weiß, ich weiß«, sagte Luther resigniert.

»Was willst du denn jetzt mit deiner tollen Bräune machen?«, erkundigte sich Wes zwischen zwei Lachanfällen.

»Okay, schon gut. Hör zu, Wes, ich brauche wirklich dringend einen Baum. Es gibt keine mehr zu kaufen. Kann ich mir deinen ausleihen?«

Von irgendwo aus der Garage schrie Trish: »Wes! Wo bist du?«

»Hier draußen!«, schrie er zurück und sagte dann leise zu Luther: »Du willst meinen Baum?«

»Ja. Ich schwöre, dass ich ihn zurückbringe, bevor ihr wiederkommt.«

»Das ist lächerlich.«

»Stimmt, aber ich habe keine Wahl. Alle anderen können ihre Bäume heute Abend und morgen nicht entbehren.«

»Es ist dir tatsächlich ernst, oder?«

Dreizehn

»Todernst. Komm schon, Wes.«

Wes zog ein Schlüsselbund aus seiner Hosentasche und nahm die Schlüssel für Garage und Haus ab. »Aber sag bloß Trish nichts davon«, flüsterte er.

»Bestimmt nicht.«

»Und wenn du auch nur ein Teil von ihrem Baumschmuck kaputtmachst, sind wir beide tot.«

»Sie wird nie etwas davon erfahren, Wes, das verspreche ich dir.«

»Weißt du, das ist wirklich komisch.«

»Ich kann leider gar nicht darüber lachen.«

Sie gaben einander die Hand, dann hastete Luther zurück zu seinem Haus. Er hatte es schon fast geschafft, da kam Spike Frohmeyer mit seinem Fahrrad die Auffahrt hochgerollt. »Worum ging es gerade?«, wollte er wissen.

»Wie bitte?«

»Na, bei Ihnen und Mr Trogdon.«

»Wieso kümmerst du dich nicht um deinen eigenen …« Luther verstummte, denn er erkannte die Chance, die sich ihm gerade bot. Im Augenblick konnte er keine Feinde gebrauchen, sondern Verbündete, und dafür war Spike genau der Richtige.

»Hey, Spike, mein Freund«, sagte er herzlich. »Ich könnte ein bisschen Hilfe gebrauchen.«

»Worum geht's?«

»Die Trogdons fahren für eine Woche weg, und ich werde so lange ihren Weihnachtsbaum für sie aufbewahren.«

»Warum?«

»Weihnachtsbäume können leicht Feuer fangen, vor allem die mit vielen Lichterketten. Mr Trogdon macht sich Sorgen, dass

Das Fest

sie zu heiß werden könnten, also werde ich den Baum für ein paar Tage in mein Haus holen.«

»Machen Sie die Lichter doch einfach aus.«

»Da sind aber immer noch all die Kabel und das ganze Zeug. Es ist ziemlich gefährlich. Möchtest du mir vielleicht zur Hand gehen? Ich würde dir vierzig Dollar dafür zahlen.«

»Vierzig Dollar?! Abgemacht.«

»Wir brauchen einen Leiterwagen.«

»Ich borge mir Clems aus.«

»Beeil dich. Und erzähl niemandem etwas davon.«

»Wieso nicht?«

»Das gehört zu der Abmachung, klar?«

»Meinetwegen. Mir egal.«

Spike sauste davon. Er hatte eine Mission. Luther holte tief Luft und starrte die Hemlock Street hinauf und hinunter. Er war sicher, dass Dutzende Augenpaare ihn beobachteten – wie eigentlich schon seit Wochen. Wie kam es nur, dass er zum Buhmann der gesamten Nachbarschaft geworden war? Was war denn nur so schlimm daran, dass er einmal im Leben nach seiner eigenen Pfeife tanzen wollte? Dass er etwas wagen wollte, was noch keiner gewagt hatte? Warum all dieser Groll von Menschen, die er seit Jahren kannte und schätzte?

Was auch immer in den nächsten Stunden geschehen mochte – Luther schwor sich, dass nichts ihn dazu bringen würde, seine Nachbarn anzubetteln, doch auf die Party zu kommen. Erstens würden sie stocksauer sein und ohnehin nicht kommen. Zweitens wollte er ihnen keinesfalls die Genugtuung verschaffen, seine Einladung abzulehnen.

Vierzehn

Sein zweiter Anruf galt den Albrittons, alten Freunden aus der Kirchengemeinde, die eine Autostunde weit weg wohnten. Luther schüttete ihnen sein Herz aus, und als er fertig war, brüllte Riley Albritton vor Lachen. »Das ist Luther«, sagte er zu jemandem im Hintergrund, wahrscheinlich zu Doris. »Blair hat gerade bei ihm angerufen. Sie kommt heute Abend nach Hause.« Daraufhin brach Doris – oder wer immer es auch war – in hysterisches Gelächter aus.

Luther wünschte sich, er hätte nicht angerufen. »Bitte hilf mir, Riley«, flehte er. »Könnt ihr vorbeischauen?«

»Tut mir Leid, Kumpel. Wir essen heute bei den McIlvaines zu Abend. Die haben uns nämlich ein bisschen früher eingeladen, weißt du?«

Das Fest

»Schon gut«, erwiderte Luther und legte auf.

Sofort klingelte das Telefon. Es war Nora, und ihre Stimme klang so nervös wie nie zuvor. »Wo bist du gerade?«, wollte sie wissen.

»Tja, in der Küche. Und wo bist du?«

»Ich stecke im Stau auf der Broad Street, um die Ecke vom Einkaufszentrum.«

»Wieso fährst du denn zum Einkaufszentrum?«

»Weil es im Viertel absolut keine Parkplätze mehr gibt, schon die Zufahrtsstraßen sind verstopft. Ich habe noch keinen einzigen Einkauf erledigt. Hast du einen Baum?«

»Ja, eine richtige Schönheit.«

»Bist du dabei, ihn zu schmücken?«

»Ja, natürlich! Im Hintergrund schmalzt Perry Como ›Jingle Bells‹, während ich Eierflip trinke und unseren Baum schmücke. Wünschst du dir jetzt, du wärst hier?«

»Hast du schon jemanden angerufen?«

»Ja, die Lairds und die Albrittons, von denen kann keiner kommen.«

»Ich habe die Pinkertons, Harts, Malones und Burklands gefragt. Sie haben alle schon etwas vor. Dieser Langweiler Pete Hart hat mich sogar ausgelacht.«

»Ich werde ihn für dich verprügeln.« Spike klopfte an die Tür. »Ich muss wieder an die Arbeit.«

»Vielleicht solltest du besser schon mal damit anfangen, die Nachbarn anzurufen«, sagte sie stockend.

»Wieso denn?«

»Um sie einzuladen.«

Vierzehn

»Nicht in einer Million Jahren, Nora. Ich lege jetzt auf.«

»Blair hat sich nicht mehr gemeldet.«

»Sie sitzt in einem Flugzeug, Nora. Ruf mich später noch mal an.«

Spike hatte einen roten Leiterwagen organisiert, der schon bessere Tage gesehen hatte. Nach einem kurzen Blick war Luther klar, dass er zu klein und klapperig war, aber sie hatten keine Wahl. »Ich gehe zuerst rüber«, sagte er, als wüsste er genau, was zu tun war. »Warte fünf Minuten und komm dann mit dem Wagen hinterher. Pass auf, dass dich keiner sieht, okay?«

»Wo sind meine vierzig Dollar?«

Luther gab ihm einen Zwanzigdollarschein. »Eine Hälfte jetzt, die andere Hälfte, wenn alles erledigt ist.«

Er betrat das Haus der Trogdons durch die Garage und kam sich zum ersten Mal im Leben wie ein Einbrecher vor. Als er die Tür zum Wohnbereich öffnete, ertönte für ein paar Sekunden ein Alarm – für ein paar ausgesprochen lange Sekunden, in denen Luther das Herz stehen blieb und sein zukünftiges Leben vor ihm ablief. Erwischt, verhaftet, verurteilt, Entzug der Steuerberaterlizenz, Rauswurf bei Wiley & Beck, Schmach und Schande. Dann hörte das Piepen auf, aber es dauerte noch einige Sekunden, bis Luther wieder atmen konnte. Eine Kontrolltafel neben der Hintertür zeigte an, dass alles in Ordnung war.

Was für ein Durcheinander! Das Haus war die reinste Müllhalde, Abfall und Geschenkpapier lagen überall verstreut – ein eindeutiger Beweis dafür, dass der Weihnachtsmann es mal wieder gut gemeint hatte. Trish Trogdon hätte ihren Mann erwürgt, wenn sie gewusst hätte, dass er Luther die Schlüssel überlassen

Das Fest

hatte. Luther blieb im Wohnzimmer stehen und starrte den Baum an.

In der Hemlock Street war allgemein bekannt, dass die Trogdons sich beim Schmücken ihres Baums nicht besonders viel Mühe gaben. Sie erlaubten ihren Kindern, alles daran zu hängen, was sie finden konnten. Millionen von Lämpchen, Girlanden, die farblich nicht zusammenpassten, kistenweise geschmacklose Kugeln und Figürchen, rote und grüne Plastikeiszapfen und sogar Ketten mit aufgefädeltem Popcorn.

Nora wird mich umbringen, dachte Luther, doch ihm blieb nun einmal nichts anderes übrig. Sein Plan war einfach, aber genial und musste einfach klappen. Er und Spike würden die zerbrechlichen Stücke, die Girlanden und natürlich das Popcorn abnehmen und auf Sofa und Stühle legen, den Baum inklusive Lichterketten vorsichtig aus dem Haus bugsieren, hinüber zu den Kranks transportieren und ihn dort mit richtigem Schmuck verschönern. Und irgendwann in naher Zukunft würde Luther – möglicherweise mit Spikes Hilfe – ihn wieder abschmücken, quer über die Straße schleppen, den Trogdon-Ramsch dranhängen, und alle wären glücklich.

Er ließ das erste Figürchen fallen. Es zersprang in ein Dutzend Stücke. Spike kam herein. »Mach bloß nichts kaputt«, ermahnte Luther ihn, während er die Scherben aufsammelte.

»Bringen wir uns etwa gerade in Schwierigkeiten?«, fragte Spike.

»Nein, natürlich nicht. Jetzt mach dich an die Arbeit. Und zwar schnell.«

Zwanzig Minuten später hatten sie alle zerbrechlichen Ornamente entfernt. Luther fischte ein Handtuch aus der schmutzi-

Vierzehn

gen Wäsche und robbte damit unter den Baum. Während Spike über ihm lehnte und den Stamm behutsam von einer Seite auf die andere kippelte, gelang es Luther, den Metallständer auf das Handtuch zu manövrieren. Er schob und zerrte den Baum auf Händen und Knien über den Holzboden, über die Küchenfliesen und den engen Flur entlang bis in die Waschküche, wo die Äste an den Wänden entlangschrammten und eine Spur aus Fichtennadeln hinterließen.

»Sie machen einen Haufen Dreck«, warf Spike äußerst hilfreich ein.

»Das putze ich später weg«, erwiderte Luther, der schwitzte wie ein Kurzstreckenläufer.

Wie alle Bäume war natürlich auch dieser Baum breiter als die Tür zur Garage. Spike brachte den Leiterwagen so nahe wie möglich heran. Luther packte den Baum am Stamm, hob ihn unter einiger Anstrengung hoch, schwang das untere Teil durch die Tür und zog dann das ganze Ding hindurch. Als der Baum sicher in der Garage stand, atmete Luther tief ein, drückte auf den Toröffner und lächelte Spike zu.

»Warum sind Sie eigentlich so braun?«, erkundigte sich der Junge.

Luthers Lächeln erstarb, denn er musste an die Kreuzfahrt denken, die er nun nicht machen würde. Er blickte auf seine Uhr – zwanzig vor eins. Zwanzig vor eins und noch kein einziger Gast für die Party, keine Speisen, kein Frosty, nirgendwo Lichterketten, kein Baum – *noch* nicht, aber wenigstens der war unterwegs. In diesem Moment erschien ihm das alles hoffnungslos.

Du darfst jetzt nicht aufgeben, alter Junge.

Das Fest

Luther strengte sich noch einmal an und wuchtete den Baum hoch. Spike schob den Wagen darunter. Selbstverständlich war der Ständer zu breit für den Wagen. Luther schaffte es trotzdem, ihn ins Gleichgewicht zu bringen. Dann betrachtete er sein Werk einen Augenblick lang nachdenklich. »Setz dich da hin«, sagte er schließlich zu Spike und zeigte auf eine winzige Lücke zwischen Wagenwand und Baum. »Halt ihn fest, damit er nicht umfällt. Ich werde schieben.«

»Und Sie glauben, das klappt?«, fragte Spike misstrauisch.

Gegenüber auf der anderen Straßenseite war Ned Becker mit irgendetwas beschäftigt gewesen, bis er plötzlich den Baum vom vorderen Wohnzimmerfenster der Trogdons verschwinden sah. Nachdem fünf Minuten vergangen waren, tauchte der Baum in der offenen Garage auf, wo ein Mann und ein Junge sich mit ihm abmühten. Ned sah genauer hin und erkannte Luther Krank. Während Ned Becker jede Bewegung der beiden verfolgte, rief er mit seinem tragbaren Telefon Walt Scheel an.

»Hey, Walt, hier ist Ned.«

»Fröhliche Weihnachten, Ned.«

»Fröhliche Weihnachten, Walt. Ich schaue gerade rüber zu den Trogdons, und es scheint, als hätte Krank den Verstand verloren.«

»Wieso denn das?«

»Er klaut ihren Weihnachtsbaum.«

Luther und Spike machten sich auf den Weg die Auffahrt hinunter, die zur Straße leicht abfiel. Luther befand sich hinter dem Wagen und bremste ihn ab. Spike umklammerte angsterfüllt den Baumstamm.

Scheel öffnete seine Vordertür einen Spalt weit und spähte

Vierzehn

hinaus. Als er den Diebstahl mit eigenen Augen sah, wählte er die Nummer der Polizei.

Der Beamte am Empfang meldete sich.

»Guten Tag, hier spricht Walt Scheel, Hemlock Street vierzehneinundachtzig. Hier findet gerade ein Einbruchdiebstahl statt.«

»Wo?«

»In dieser Straße, Hemlock Street, im Haus Nummer vierzehndreiundachtzig. Ich kann das Ganze beobachten. Beeilen Sie sich.«

Der Baum der Trogdons überquerte die Straße direkt vor dem Haus der Beckers, in dem Ned, seine Frau Jude und seine Schwiegermutter am Fenster standen und hinausstarrten. Luther vollführte eine Rechtskurve und begann, den Wagen zu seinem Haus zu ziehen.

Er hätte gern das Tempo erhöht, bevor ihn noch jemand sah, aber Spike sagte ständig, er solle langsamer gehen. Luther wagte nicht, sich umzublicken, und glaubte keine Sekunde lang, dass er unbemerkt geblieben war. Als es nur noch wenige Meter bis zur Auffahrt waren, rief Spike plötzlich: »Die Bullen!«

Luther wirbelte herum. Der Streifenwagen – mit Blaulicht, aber ohne Sirene – kam mitten auf der Straße zum Stehen. Die beiden Polizisten sprangen heraus, als gehörten sie zu einem Sondereinsatzkommando.

Luther erkannte den dickbäuchigen Salino und den stiernackigen jungen Treen, die beiden Officer, die mit den Kalendern des Polizeiverbands hausieren gegangen waren.

»Hallo, Mr Krank«, sagte Salino mit einem süffisanten Grinsen.

»Guten Tag.«

Das Fest

»Wo wollen Sie denn damit hin?«, fragte Treen und wies auf den Wagen.

»Zu meinem Haus«, erwiderte Luther. Er war so dicht dran gewesen ...

»Vielleicht sollten Sie das mal besser erklären«, warf Salino ein.

»Tja, nun – Wes Trogdon von schräg gegenüber hat mir seinen Weihnachtsbaum ausgeliehen. Er ist vor einer Stunde in Urlaub gefahren, und ich und Spike sind gerade dabei, den Baum in mein Haus zu transportieren.«

»Spike?«

Luther drehte sich um und blickte auf den Wagen hinunter. Die schmale Lücke, in der Spike gesessen hatte, war leer. Spike war nirgendwo zu sehen.

»Ja, ein Junge hier aus der Straße.«

Während Bev Scheel sich ausruhte oder es zumindest versuchte, genoss Walt seinen Tribünenplatz. Doch schon bald wurde sein Gelächter so laut, dass sie ins Wohnzimmer kam, um zu erfahren, was los war. »Hol dir einen Stuhl ans Fenster, Schatz. Die Polizei hat Krank beim Weihnachtsbaumklau erwischt.«

Auch die Beckers brüllten vor Lachen.

»Uns ist ein Einbruchdiebstahl gemeldet worden«, sagte Treen.

»Das ist ein Irrtum. Wer hat Sie angerufen?«

»Ein Mr Scheel. Wem gehört dieser Leiterwagen?«

»Ich weiß nicht. Spike.«

»Den Wagen haben Sie also auch gestohlen«, stellte Treen fest.

»Ich habe überhaupt nichts gestohlen.«

»Die ganze Sache sieht aber ziemlich verdächtig aus, das müssen Sie doch wohl zugeben, Mr Krank«, bemerkte Salino.

Vierzehn

Unter normalen Umständen hätte Luther vielleicht durchaus eingeräumt, dass die Szene ein wenig ungewöhnlich war. Aber Blair kam mit jeder Minute näher, und ihm blieb keine Zeit, klein beizugeben. »Keineswegs, Sir. Ich borge mir regelmäßig den Baum der Trogdons aus.«

»Am besten nehmen wir Sie zur Befragung mit aufs Revier«, sagte Treen und löste ein Paar Handschellen von seinem Gürtel. Beim Anblick der silberfarbenen Handschellen wälzte Walt Scheel sich vor Lachen auf dem Boden. Die Beckers konnten kaum noch atmen.

Und Luther bekam weiche Knie. »Ach kommen Sie, das können Sie doch nicht ernst meinen.«

»Steigen Sie ein.«

❋

Luther machte sich auf dem Rücksitz so klein wie möglich und dachte zum ersten Mal in seinem Leben an Selbstmord. Die beiden Polizisten vor ihm unterhielten sich über Funk mit dem Revier und redeten davon, den Eigentümer des Diebesguts finden zu wollen. Das Blaulicht kreiste immer noch, und Luther wollte so vieles sagen. Lassen Sie mich gehen! Ich werde Sie verklagen! Stellen Sie das verdammte Blaulicht ab! Ich werde nächstes Jahr auch zehn Kalender kaufen! Na los, erschießen Sie mich doch!

Wenn Nora nach Hause kam, würde sie die Scheidung einreichen.

In diesem Moment schlenderten zufällig die Kirby-Zwillinge vorbei, achtjährige Kriminelle, die am anderen Ende der Hemlock Street wohnten. Sie traten nahe an das Heckfenster des Po-

Das Fest

lizeiwagens und nahmen direkten Augenkontakt mit Luther auf, der daraufhin noch tiefer in den Sitz rutschte. Dann stieß auch noch das Balg der Bellingtons dazu, und alle drei starrten Luther an, als hätte er ihre Mütter umgebracht.

Spike kam angelaufen, gefolgt von Vic Frohmeyer. Die Beamten stiegen aus und sprachen kurz mit ihm, dann scheuchte Treen die Kinder weg und bedeutete Luther, dass er den Wagen verlassen dürfe.

»Er hat die Schlüssel«, sagte Vic gerade. Luther fiel ein, dass er in der Tat die Schlüssel für das Haus der Trogdons besaß. Was war er nur für ein Trottel!

»Ich kenne die beiden Herren persönlich«, fuhr Frohmeyer fort. »Hier handelt es sich ganz gewiss nicht um Einbruchdiebstahl.«

Die Polizisten flüsterten einige Sekunden lang miteinander, während Luther sich bemühte, die Blicke zu ignorieren, die Vic und Spike ihm zuwarfen. Er wandte sich um und erwartete beinahe, dass Nora genau in diesem Augenblick vorfahren und auf der Stelle einen Schlaganfall erleiden würde.

»Und was ist mit dem Baum?«, wollte Salino von Vic wissen.

»Wenn er sagt, dass Trogdon ihm den Baum geliehen hat, ist das die Wahrheit.«

»Sind Sie sicher?«

»Absolut.«

»Na schön, okay«, sagte Salino und grinste Luther so höhnisch an, als sei ihm noch nie ein größerer Verbrecher über den Weg gelaufen. Dann stiegen er und sein Partner langsam in den Streifenwagen und fuhren davon.

»Danke«, stieß Luther hervor.

Vierzehn

»Was machst du hier eigentlich, Luther?«, fragte Vic.

»Ich borge mir Trogdons Baum. Und Spike hilft mir beim Transport. Auf geht's, Spike.«

Ohne weitere Unterbrechung bugsierten Luther und Spike den Baum die Auffahrt hoch, zogen ihn in die Garage und rangen mit ihm, bis er an seinem hübschen Plätzchen vor dem Wohnzimmerfenster stand. Den Weg dorthin markierte eine Spur aus Fichtennadeln, roten und grünen Eiszapfen und Popcorn. »Das sauge ich später weg«, sagte Luther. »Lass uns erst mal die Lichter überprüfen.«

Das Telefon klingelte. Es war Nora, in noch größerer Panik als zuvor. »Man bekommt überhaupt nichts mehr, Luther! Keinen Truthahn, keinen Schinken, keine Schokolade, einfach nichts! Und ich kann auch kein einziges nettes Geschenk finden.«

»Geschenk? Wieso willst du Geschenke kaufen?«

»Es ist Weihnachten, Luther. Hast du die Yarbers und die Friskis angerufen?«

»Ja«, log er. »Bei beiden war besetzt.«

»Versuch es weiter, denn bisher kommt noch niemand. Ich habe die McTeers, Morris und Warners gefragt, aber sie sind alle verabredet. Wie steht es mit dem Baum?«

»Er macht sich.«

»Ich rufe später noch mal an.«

Spike steckte die Lichterketten in die Steckdose, und der Baum erwachte zum Leben. Dann nahmen er und Luther die neun Kisten mit Baumschmuck in Angriff und hängten planlos alles auf.

Von der anderen Straßenseite aus beobachtete Walt Scheel sie mit einem Fernglas.

Fünfzehn

Spike lehnte sich auf der Leiter mit einem Kristallengel in der einen und einem Plüschrentier in der anderen Hand gerade gefährlich auf den Baum zu, als Luther einen Wagen in der Auffahrt hörte. Er blickte aus dem Fenster und sah Noras Audi in die Garage fahren. »Das ist Nora«, sagte er. Nach kurzem Nachdenken gelangte er zu der Überzeugung, dass Spikes Komplizenschaft bei der Beschaffung des Weihnachtsbaumes wohl besser ein Geheimnis blieb.

»Du musst gehen, Spike. Und zwar sofort«, sagte er.

»Warum denn?«

»Der Job ist erledigt, mein Sohn. Hier sind die anderen zwanzig. Tausend Dank.« Er half dem Jungen von der Leiter, händigte ihm das Geld aus und begleitete ihn zur Haustür. Während

Fünfzehn

Nora durch die Garagentür in die Küche trat, schlich Spike die Vorderstufen hinunter und verschwand.

»Hol die Sachen aus dem Wagen«, befahl sie. Sie war mit den Nerven am Ende und kurz davor, in die Luft zu gehen.

»Was ist denn los?«, fragte Luther und wünschte auf der Stelle, er hätte den Mund gehalten. Es war ziemlich offensichtlich, was los war.

Nora verdrehte die Augen und sah aus, als wolle sie ihm an die Gurgel gehen. Doch dann knirschte sie mit den Zähnen und sagte noch einmal: »Hol die Sachen aus dem Wagen.«

Luther ging zur Tür. Als er schon beinahe in der Garage war, hörte er sie stöhnen: »Was für ein hässlicher Baum!«

Kampfbereit wirbelte er herum und rief: »Den oder gar keinen, du kannst es dir aussuchen.«

»*Rote* Lämpchen?«, stieß sie mit ungläubiger Stimme hervor. Trogdon hatte eine Lichterkette mit roten Birnen eng um den Stamm des Baumes gewickelt. Luther hatte mit dem Gedanken gespielt, sie abzunehmen, aber das hätte wahrscheinlich eine ganze Stunde gedauert. Stattdessen hatten Spike und er versucht, sie durch Baumschmuck zu verdecken. Nora waren die roten Birnen natürlich trotzdem schon von der Küche aus aufgefallen.

Nun steckte sie ihre Nase in den Baum. »Rote Lichter? Wir haben noch nie rote Lichter benutzt.«

»Sie waren in der Kiste«, log Luther. Es machte ihm nicht gerade Spaß zu lügen, aber er ahnte, dass dies in den nächsten Tagen wahrscheinlich zur Regel werden würde.

»In welcher Kiste?«

»Was soll das heißen — ›in welcher Kiste‹? Ich habe alle Kisten

Das Fest

aufgerissen und den Baum so schnell ich konnte mit so viel Schmuck wie möglich behängt, Nora. Jetzt ist nicht der richtige Zeitpunkt, sich wegen des Baums zimperlich anzustellen.«

»*Grüne* Eiszapfen?«, sagte sie und pflückte einen ab. »Woher hast du bloß diesen Baum?«

»Ich habe den letzten gekauft, den die Pfadfinder noch hatten.« Keine direkte Lüge, eher ein Ausweichmanöver.

Nora blickte sich im Zimmer um, betrachtete die überall verstreuten leeren Kisten und entschied, dass es wichtigere Dinge gab, um die sie sich kümmern musste.

»Und außerdem – wenn das so weitergeht, wird sowieso niemand den Baum zu Gesicht bekommen«, fügte Luther unklugerweise hinzu.

»Halt den Mund und lad den Wagen aus.«

Noras Einkäufe bestanden aus vier Tüten mit Nahrungsmitteln aus einem Geschäft, von dem Luther noch nie etwas gehört hatte, drei Taschen mit Kleidung aus einer Boutique im Einkaufszentrum, einem Kasten mit alkoholfreien Getränken, einem Kasten Mineralwasser und einem Strauß scheußlicher Blumen von einem Floristen, der für seine horrenden Preise bekannt war. Luthers Buchhaltergehirn wollte auf der Stelle die Schadenssumme zusammenrechnen, aber dann besann er sich eines Besseren.

Wie sollte er das den Kollegen im Büro erklären? All das schöne Geld, das er bisher eingespart hatte, ging nun geradewegs durch den Schornstein. Und das Geld für die Kreuzfahrt, die er nicht antreten konnte, war auch dahin, weil er keine Reiserücktrittsversicherung abgeschlossen hatte. Luther befand sich mit-

Fünfzehn

ten in einem finanziellen Desaster und konnte nichts tun, um den Aderlass zu stoppen.

»Hast du inzwischen die Yarbers und die Friskis erreicht?«, erkundigte sich Nora, die mit dem Telefon am Ohr im Wohnzimmer stand.

»Ja, sie können nicht kommen.«

»Pack die Tüten mit den Lebensmitteln aus«, ordnete sie an und sagte dann in den Hörer: »Sue, hier ist Nora. Fröhliche Weihnachten. Hör mal, wir haben gerade eine Riesenüberraschung erlebt. Blair kommt heute Abend nach Hause und bringt ihren Verlobten mit. Wir rennen wie wahnsinnig durch die Gegend und versuchen, in letzter Minute noch eine Party auf die Beine zu stellen.« Pause. »In Peru, wir dachten, wir würden sie erst nächstes Jahr zu Weihnachten wiedersehen.« Pause. »Ja, das war wirklich eine Überraschung.« Pause. »Ja, ihren Verlobten.« Pause. »Er ist Arzt.« Pause. »Er stammt von irgendwo dort unten, ich glaube, Peru. Sie hat ihn erst vor ein paar Wochen kennen gelernt, und jetzt wollen sie heiraten. Wir sind natürlich ein klein wenig geschockt. Also — wie sieht es aus mit heute Abend?« Pause.

Luther holte acht Pfund geräucherte Forellen aus einer der Tüten. Sie waren in luftdichtes, dickes Zellophan eingeschweißt, eine Art von Verpackung, die den Eindruck erweckte, der Fisch sei schon vor Jahren gefangen worden.

»Das wird bestimmt ein schönes Fest«, sagte Nora gerade. »Schade, dass ihr nicht kommen könnt. Natürlich umarme ich Blair von euch. Fröhliche Weihnachten, Sue.« Sie legte auf und atmete tief ein. Mit ausgesprochen schlechtem Timing fragte Luther: »Geräucherte Forellen?«

Das Fest

»Entweder das oder Tiefkühlpizza«, schoss Nora mit gefährlich blitzenden Augen zurück und ballte die Fäuste. »In den Geschäften gibt es keinen einzigen Truthahn oder Schinken mehr, und selbst wenn ich einen auftreiben könnte, hätte ich nicht genug Zeit, ihn zu braten. Also essen wir zum Fest diesmal geräucherte Forelle, Mr Strandgigolo.«

Das Telefon klingelte, und Nora grabschte danach.

»Hallo? Emily, wie geht es dir? Danke für den schnellen Rückruf.«

Luther fiel keine einzige Person in ihrem Bekanntenkreis ein, die Emily hieß. Er packte ein Drei-Pfund-Stück Cheddar aus, eine große Ecke Schweizer Käse, Dosen mit Plätzchen und Keksen, einen Becher Muscheldip und drei zwei Tage alte Schokoladenkuchen aus einer Bäckerei, die Nora immer gemieden hatte. Diese rasselte gerade wieder die Geschichte von der Last-Minute-Party herunter, doch dann rief sie plötzlich: »Ihr könnt kommen?! Das ist ja wunderbar! Um sieben Uhr herum, ganz zwanglos, eine Art Stehparty.« Pause. »Deine Eltern? Selbstverständlich kannst du sie mitbringen, je mehr Gäste, desto besser. Großartig, Emily. Bis nachher.« Sie legte ohne das geringste Lächeln auf.

»Was für eine Emily war das denn?«, erkundigte sich Luther.

»Emily Underwood.«

Er ließ eine Dose mit Keksen fallen und keuchte: »Nein!«

Nora interessierte sich auf einmal sehr für den Inhalt der letzten Einkaufstüte.

»Das kann nicht sein, Nora!«, stieß er hervor. »Du hast nicht Mitch Underwood eingeladen. Nicht hierher, in unser Haus. Das ist nicht wahr. Nora, bitte sag, dass es nicht wahr ist!«

Fünfzehn

»Wir sind in einer verzweifelten Lage.«

»Aber doch nicht *so* verzweifelt!«

»Ich mag Emily.«

»Sie ist eine Hexe, und das weißt du auch. Du magst sie? Wann hast du dich denn das letzte Mal mit ihr zum Mittagessen verabredet, oder zum Frühstück oder Kaffeetrinken oder zu sonst irgendwas?«

»Wir brauchen Partygäste, Luther.«

»Mitch der Megaschwafler ist kein Gast, sondern ein Windbeutel. Eine Riesenladung heiße Luft. Die Leute wechseln die Straßenseite, wenn sie die Underwoods sehen, Nora! Warum wohl?«

»Sei lieber dankbar, dass sie kommen.«

»Sie kommen, weil kein normaler Mensch sie jemals zu einem gesellschaftlichen Anlass einlädt. Die haben doch *nie* etwas vor!«

»Reich mir den Käse.«

»Das Ganze ist ein Scherz, oder?«

»Mitch wird sich gut mit Enrique verstehen.«

»Keine zehn Pferde werden Enrique jemals wieder in die Vereinigten Staaten bringen, wenn er sich erst einmal mit Underwood unterhalten hat. Der hasst doch alles und jeden – die Stadt, den Staat, Demokraten, Republikaner, Unabhängige, die Luft, die er atmet –, es gibt nichts, was ihm in den Kram passt. Mitch ist der größte Langweiler dieser Erde. Er wird sich betrinken und dann so laut vor sich hin palavern, dass man ihn noch zwei Blocks weiter hört.«

»Er kommt, Punkt. Gewöhn dich an den Gedanken, Luther. Da du gerade vom Trinken sprichst – ich hatte keine Zeit, Wein zu besorgen. Das musst du übernehmen.«

Das Fest

»Ich setze keinen Fuß mehr vor die Tür.«

»O doch. Ich sehe noch keinen Frosty auf dem Dach.«

»Ich habe beschlossen, ihn nicht aufzustellen.«

»Und ob du ihn aufstellst!«

Erneut klingelte das Telefon. Nora stürzte sich darauf. »Wer ist das denn jetzt schon wieder?«, murmelte Luther. »Schlimmer kann es ja wohl nicht mehr kommen.«

»Blair!«, rief Nora. »Hallo, mein Schatz.«

»Lass mich mal ran«, brummte Luther. »Dann schicke ich die beiden zurück nach Peru.«

»Ihr seid in Atlanta ... großartig«, sagte Nora. Pause. »Wir stehen gerade in der Küche und bereiten alles für die Party vor.« Pause. »Wir sind auch schon ganz aufgeregt und können es kaum erwarten, Liebling.« Pause. »Natürlich mache ich Karamell-Marshmallow-Törtchen, das ist doch dein Lieblingsnachtisch.« Sie warf Luther einen entsetzten Blick zu. »Ja, mein Schatz, wir holen euch um sechs am Flughafen ab. Alles Liebe.«

Luther sah auf seine Uhr. Punkt drei.

Nora legte auf und verkündete: »Ich brauche zwei Pfund Karamell und ein Glas Marshmallowcreme.«

»Ich habe genug damit zu tun, den Baum fertig zu dekorieren – da muss noch mehr Schmuck dran«, wehrte Luther ab. »Ich werde ganz gewiss nicht mit dem Mob da draußen kämpfen.«

Nora kaute ein paar Sekunden lang an einem ihrer Fingernägel, was bedeutete, dass sie die Lage abwog und ihm gleich einen ausgeklügelten Plan unterbreiten würde.

»Pass auf, wir machen Folgendes«, sagte sie schließlich. »Bis

Fünfzehn

vier Uhr schmücken wir den Baum und das Haus. Wie lange brauchst du für Frosty?«

»Drei Tage.«

»Um vier fahre ich in die Stadt und erledige die letzten Einkäufe, während du Frosty auf das Dach bringst. Und in der Zwischenzeit gehen wir unser Adressbuch durch und rufen alle Leute an, die wir jemals kennen gelernt haben.«

»Dann erzähl bloß keinem, dass die Underwoods kommen.«

»Sei still, Luther!«

»Geräucherte Forelle mit Mitch Underwood – das wird die heißeste Party der Stadt.«

Nora legte eine Weihnachts-CD von Frank Sinatra ein, und während der folgenden zwanzig Minuten bewarf Luther den Baum der Trogdons mit noch mehr Schmuck, während Nora Kerzenständer und Keramikweihnachtsmänner verteilte und den Kaminsims mit Stechpalm- und Mistelzweigen aus Plastik dekorierte. Lange Zeit sagte keiner von beiden ein Wort, dann brach Nora das Schweigen mit einer weiteren Anweisung. »Die Kisten da können wieder zurück auf den Dachboden.«

Unter all den Dingen, die Luther an Weihnachten hasste, gab es eine Aufgabe, die er am meisten fürchtete – die Kisten mit dem Dekorationsmaterial über die ausklappbare Leiter vom Dachboden zu holen und sie hinterher wieder hinaufzubugsieren. Dazu musste er die Treppe zum zweiten Stock erklimmen, sich in den engen Korridor zwischen zwei Zimmern zwängen und dann mit Mühe und Not die jeweilige Kiste – die natürlich unweigerlich zu groß war – die wackeligen Sprossen hinauf durch die Dachluke schieben. Dabei war es ganz egal, ob man die Kis-

Das Fest

ten holte oder zurückbrachte, der Gefährlichkeitsgrad blieb derselbe. Es grenzte an ein Wunder, dass Luther sich in all den Jahren noch nie ernsthaft verletzt hatte.

»Und danach fängst du an, Frosty zu montieren«, bellte Nora wie ein Admiral.

Sie wählte Reverend Zabriskies Nummer und bearbeitete ihn so lange, bis er sich bereit erklärte, am Abend für eine halbe Stunde vorbeizukommen. Dann zwang sie Luther, seine Sekretärin Dox anzurufen und zu überreden, ebenfalls auf einen Sprung hereinzuschauen. Dox war zwar dreimal geschieden und momentan unverheiratet, hatte jedoch immer irgendeine Art von Freund. Diese beiden, plus der Reverend und Mrs Zabriskie, plus der Underwood-Klan, das machte optimistisch gerechnet acht Gäste, falls sich alle zur selben Zeit einfanden. Zusammen mit den Kranks, Blair und Enrique also zwölf Personen.

Zwölf – bei dieser Zahl brach Nora beinahe in Tränen aus. An Heiligabend würden zwölf Personen in ihrem Wohnzimmer wirken wie drei.

Sie rief ihre beiden Lieblingsweinhandlungen an. Die eine hatte bereits geschlossen, die andere nur noch eine halbe Stunde geöffnet. Um vier Uhr machte sich Nora hektisch auf den Weg. Sie ließ eine Flut von Anweisungen für Luther zurück, der mittlerweile ernsthaft erwog, einfach in den Keller zu gehen und seine Probleme im Kognak zu ertränken.

Sechzehn

Kurz nachdem Nora fort war, klingelte das Telefon. Luther schnappte es sich. Vielleicht war das ja noch einmal Blair. Er würde ihr die Wahrheit erzählen. Er würde ihr ordentlich die Meinung sagen und ihr klarmachen, wie rücksichtslos und egoistisch diese Überraschung in letzter Minute war. Natürlich würde sie verletzt sein, aber sie würde darüber hinwegkommen. Und angesichts der bevorstehenden Hochzeit brauchte sie ihre Eltern schließlich mehr denn je.

»Hallo?«, schnappte er.

»Hallo, Luther, hier spricht Mitch Underwood«, ertönte eine dröhnende Stimme, bei deren Klang Luther am liebsten den Kopf in den Backofen gesteckt hätte.

»Hi, Mitch.«

Das Fest

»Fröhliche Weihnachten. Hör mal, danke für die Einladung und alles, aber wir können euch einfach nicht mehr dazwischenquetschen. Bei den vielen Partys ...«

Na klar, die Underwoods standen auf sämtlichen Gästelisten ganz oben. Die Leute sehnten sich geradezu nach Mitchs unerträglichen Schimpfkanonaden auf die Vermögenssteuer und die Einteilung der Stadtbezirke. »Mensch, das ist aber wirklich schade, Mitch«, erwiderte Luther. »Vielleicht klappt es ja nächstes Jahr.«

»Bestimmt. Ruft uns einfach an.«

»Frohes Fest, Mitch.«

Die Zwölfergruppe war nun auf acht zusammengeschrumpft, und weitere Fahnenfluchten sollten folgen. Luther hatte sich noch keinen Zentimeter vom Telefon wegbewegt, als es erneut klingelte. »Mr Krank, ich bin es, Dox«, sagte eine gequält klingende Stimme.

»Hallo, Dox.«

»Tut mir Leid wegen Ihrer Kreuzfahrt und alldem.«

»Das sagten Sie bereits.«

»Tja, mir ist jetzt leider etwas dazwischengekommen. Mein Bekannter wollte mich heute mit einem Abendessen in Tanner Hall überraschen – Champagner, Kaviar, alle Schikanen. Er hat den Tisch schon vor einem Monat reserviert, da kann ich ihm nun nicht einfach absagen.«

»Natürlich nicht, Dox.«

»Er hat sogar eine Limousine gemietet. Er ist wirklich ein Schatz.«

»Hört sich ganz danach an.«

Sechzehn

»Ich würde mich liebend gern mal wieder mit Blair unterhalten, aber wir werden es wohl nicht schaffen, bei Ihnen vorbeizuschauen.«

Blair war seit einem Monat fort. Dox hatte sie seit zwei Jahren nicht mehr gesehen. »Ich werde ihr schöne Grüße von Ihnen ausrichten.«

»Es tut mir Leid, Mr Krank.«

»Kein Problem.«

Jetzt waren noch sechs Personen übrig: drei Mitglieder der Familie Krank, Enrique, der Reverend und Mrs Zabriskie. Luther hätte beinahe Nora angerufen, um ihr die schlechte Nachricht mitzuteilen, aber dann überlegte er es sich anders. Die Arme kämpfte sich da draußen durch die Massen und zermarterte sich sowieso schon zur Genüge das Hirn. Warum sollte er sie noch zusätzlich quälen? Warum sollte er ihr noch einen Grund liefern, ihn anzufahren, weil seine grandiose Idee sie in diese Schwierigkeiten gebracht hatte?

Luther war dem Kognak näher, als er zugeben wollte.

❄

Spike Frohmeyer erstattete Bericht über alles, was er gesehen und gehört hatte. Die vierzig Dollar in seiner Tasche und sein Schweigeversprechen gegenüber Luther ließen ihn anfangs zwar zögern, aber in der Hemlock Street bewahrte niemand lang ein Geheimnis. Nach einigen anstachelnden Worten seines Vaters sprudelte alles aus Spike heraus.

Er erzählte, dass er dafür bezahlt worden war, den Baum aus

Das Fest

dem Haus der Trogdons zu schaffen, dass er Mr Krank dabei geholfen hatte, ihn in dessen Wohnzimmer aufzustellen, dass er den Baum dann mit Schmuck und Lichterketten hatte überhäufen müssen, dass Mr Krank immer wieder zum Telefon geschlichen war und verschiedene Leute angerufen hatte, dass die Kranks anscheinend eine Last-Minute-Party für diesen Abend planten, offenbar jedoch niemand daran teilnehmen wollte. Allerdings könne er nichts über den Anlass der Party sagen, beziehungsweise, aus welchem Grund sie so überstürzt auf die Beine gestellt wurde, denn Mr Krank habe das Telefon in der Küche benutzt und sehr leise gesprochen. Mrs Krank habe im Übrigen die ganze Zeit Besorgungen gemacht und alle zehn Minuten angerufen.

Spike zufolge war die Atmosphäre bei den Kranks sehr angespannt.

Vic Frohmeyer rief Ned Becker an, der bereits von Walt Scheel alarmiert worden war. Kurz darauf sprachen die drei über Konferenzschaltung miteinander, während Walt und Ned das Haus der Kranks im Auge behielten.

»Sie ist gerade wieder weggefahren, in ziemlicher Eile«, berichtete Walt. »Ich habe Nora noch nie so schnell davonbrausen sehen.«

»Wo ist Luther?«, wollte Frohmeyer wissen.

»Immer noch im Haus«, sagte Walt. »Sieht aus, als wären sie mit dem Baum fertig. Ich muss schon sagen — bei den Trogdons hat er mir besser gefallen.«

»Irgendetwas geht da vor«, bemerkte Ned Becker.

Sechzehn

Nora hob eine Kiste mit Wein in ihren Einkaufswagen – sechs Flaschen Rotwein, sechs Flaschen Weißwein, auch wenn sie keine Ahnung hatte, warum sie überhaupt so viel kaufte. Wer sollte das alles trinken? Vielleicht sie selbst. Sie hatte zudem teures Zeug ausgesucht. Luther sollte ruhig die Galle überlaufen, wenn er die Kreditkartenrechnung bekam. Sie hatten in diesem Jahr zu Weihnachten so viel Geld sparen wollen – und nun musste man sich nur mal ansehen, wie tief sie deshalb in der Patsche saßen.

Am Eingang der Weinhandlung ließ ein Verkäufer gerade die Rollladen hinunter und schloss bis auf eine alle Türen ab. Der einsame Kassierer schleuste die letzten Kunden durch. Vor Nora befanden sich drei Kunden, hinter ihr stand noch einer. Da klingelte das Handy in ihrer Manteltasche. »Hallo«, meldete sie sich gedämpft.

»Nora, hier ist Doug Zabriskie.«

»Hallo, Reverend«, erwiderte sie und fühlte auf einmal eine überwältigende Müdigkeit. Sein Tonfall verriet ihn.

»Wir haben hier ein kleines Problem«, begann er mit bedrückter Stimme. »Das typische Heiligabend-Chaos, Sie kennen das ja, alles geht durcheinander. Beths Tante aus Toledo ist ganz unerwartet zu Besuch gekommen, und das macht alles nur noch schlimmer. Daher wird es uns leider nicht möglich sein, heute Abend vorbeizuschauen und Blair zu begrüßen.«

Er klang, als hätte er Blair seit Jahren nicht mehr gesehen.

»Wie schade«, brachte Nora mit einer Spur von Bedauern heraus. Dabei hätte sie am liebsten gleichzeitig geflucht und geweint. »Dann vielleicht ein anderes Mal.«

»Sie sind mir nicht böse?«

Das Fest

»Natürlich nicht, Reverend.«

Sie wünschten sich gegenseitig ein frohes Fest und verabschiedeten sich. Nora biss sich auf die zitternde Unterlippe. Sie bezahlte den Wein, schleppte ihn achthundert Meter weit zu ihrem Wagen und schimpfte den ganzen mühevollen Weg lang über ihren Ehemann. Dann marschierte sie zu einem Supermarkt, boxte sich durch den Menschenauflauf am Eingang und lief auf der Suche nach Karamell durch die Gänge.

Sie rief Luther an, aber er nahm nicht ab. Wahrscheinlich befand er sich gerade auf dem Dach – das wollte sie ihm auch geraten haben.

Sie begegneten sich vor dem Regal mit der Erdnussbutter und blickten sich beide gleichzeitig ins Gesicht. Nora erkannte den roten Haarschopf, den orange-grauen Bart und die kleine schwarze Nickelbrille auf der Stelle, aber der Name des Mannes wollte ihr nicht einfallen. Er jedoch rief sofort: »Fröhliche Weihnachten, Nora!«

»Ihnen auch ein frohes Fest«, erwiderte sie und setzte rasch ein warmherziges Lächeln auf. War da nicht irgendeine schlimme Geschichte mit seiner Frau gewesen? Entweder war sie an einer Krankheit gestorben oder hatte sich mit einem jüngeren Mann davongemacht. Nora erinnerte sich daran, dass sie ihn vor ein paar Jahren auf einem Ball kennen gelernt und dann einige Zeit später von der Sache mit seiner Frau erfahren hatte. Wie hieß er bloß? Möglicherweise arbeitete er an der Universität. Auf jeden Fall war er gut gekleidet und trug über der Strickjacke einen eleganten Trenchcoat.

»Was treibt Sie denn jetzt noch aus dem Haus?«, erkundigte er sich. Er selbst trug einen leeren Einkaufskorb über dem Arm.

Sechzehn

»Ach, ein paar Besorgungen in letzter Minute, Sie wissen ja, wie das ist. Und Sie?« Nora bekam den Eindruck, dass er im Grunde nichts zu tun hatte und einfach nur unter Menschen sein wollte. Wahrscheinlich fühlte er sich einsam.

Was um alles in der Welt war mit seiner Frau geschehen?

Sie konnte keinen Ehering entdecken.

»Mir fehlen auch noch einige Kleinigkeiten. Sie geben morgen wohl ein großes Essen?«, fragte er und sah dabei auf die Erdnussbutter im Regal.

»Nein, schon heute Abend. Unsere Tochter kommt zu Besuch aus Südamerika, also haben wir schnell eine kleine Party organisiert.«

»Blair?«

»Ja.«

Er kannte Blair!

Nora sprang ins kalte Wasser. »Warum schauen Sie nicht einfach vorbei?«

»Meinen Sie wirklich?«

»Sicher, es ist alles ganz zwanglos, jeder kann kommen und gehen, wie er möchte. Eine Menge Leute, gutes Essen …« Bei dem Gedanken an die geräucherten Forellen musste sie beinahe würgen. Bestimmt würde ihr sein Name bald einfallen.

»Um wie viel Uhr?«, fragte er sichtlich erfreut.

»Je früher, desto besser. Sagen wir um sieben.«

Er warf einen Blick auf seine Uhr. »Also in zwei Stunden.«

Zwei Stunden! Nora hatte zwar selbst eine Uhr, aber aus dem Mund einer anderen Person klang es doppelt so furchtbar. Zwei Stunden! »Oh, dann muss ich jetzt aber los«, sagte sie.

Das Fest

»Sie wohnen in der Hemlock Street, nicht wahr?«
»Ja, Nummer vierzehnachtundsiebzig.« Wer war dieser Mann?
Nora huschte davon und betete, dass sein Name innerhalb der nächsten zwei Stunden aus den Tiefen ihres Gedächtnisses auftauchen würde. Sie fand schließlich das Karamell, die Marshmallowcreme und die Tortelletts.

Die Schlange an der Expresskasse – maximal zehn Artikel – erstreckte sich bis zur Tiefkühlabteilung. Nora stellte sich hinten an, vermied es sorgfältig, auf ihre Uhr zu sehen, und stand kurz vor einer bedingungslosen Kapitulation.

Siebzehn

Luther wartete so lang er konnte, obwohl er eigentlich keine Sekunde zu verlieren hatte. Um halb sechs würde blitzschnell die Dämmerung einsetzen, und plötzlich schoss ihm die verrückte Idee durch den Kopf, den alten Frosty im Schutz der Dunkelheit auf das Dach zu hieven. Im Grunde wusste er, dass das unmöglich war, aber es fiel ihm momentan schwer, einen vernünftigen Gedanken zu fassen.

Also verbrachte er ein paar Minuten damit, seine Vorgehensweise zu planen. Der Angriff musste zwangsläufig von der Rückseite des Hauses aus erfolgen – auf gar keinen Fall wollte er Walt Scheel, Vic Frohmeyer oder irgendjemandem sonst die Gelegenheit geben, ihn in Aktion zu sehen.

Er zerrte den Plastikschneemann aus dem Keller, ohne ihm

Das Fest

oder sich selbst größeren Schaden zuzufügen, fluchte jedoch bei jedem Schritt, bis er endlich die Terrasse erreicht hatte. Dann holte er die Leiter aus dem Geräteschuppen im Garten. Bisher hatte ihn noch niemand bemerkt – das nahm er zumindest an.

Das Dach war nass, man konnte sogar ein oder zwei vereiste Stellen erkennen. Mit einem sechs Millimeter dicken Nylonseil um die Taille kletterte Luther ängstlich die Leiter hoch und kroch über die Schindeln, bis er den höchsten Punkt erklommen hatte. Er warf einen verstohlenen Blick über den Dachfirst und schielte dann nach unten – das Haus der Scheels lag direkt vor ihm.

Er schlang das Seil um den Schornstein und bewegte sich Zentimeter für Zentimeter rückwärts wieder hinunter. Doch dann trat er auf einen Eisflecken und rutschte einen halben Meter weit. Er konnte sich gerade noch fangen, hielt inne und wartete darauf, dass sein Herz wieder zu schlagen begann. Dann blickte er entsetzt nach unten. Wenn tatsächlich ein Unglück geschah, würde er nach einem sehr kurzen freien Fall inmitten der Terrassenmöbel aufschlagen, die aus Metall waren und auf solidem Backstein standen. Der Tod würde wahrscheinlich nicht sofort eintreten, o nein, mein Herr. Luther würde qualvoll sterben, und falls nicht, so doch mindestens eine Querschnittslähmung oder Hirnschädigung davontragen.

Wie abgrundtief albern, dass ein Mann von vierundfünfzig Jahren noch derartige Spielchen mitmachen musste!

Das gefährlichste Kunststück bestand darin, vom Dach aus wieder auf die Leiter zu gelangen. Luther schaffte dies, indem er seine Fingernägel zwischen die Schindeln grub und erst den ei-

Siebzehn

nen, dann den anderen Fuß über die Dachrinne schwang. Als er wieder festen Boden unter den Füßen hatte, holte er tief Luft und beglückwünschte sich dazu, dass er den ersten Trip aufs Dach und zurück überlebt hatte.

Frosty bestand aus vier Teilen – dem breiten, runden Sockel, einer dicken Kugel als Unterkörper, dem Oberkörper mit den beiden Armen, von denen einer winkte und der andere in die Hüfte gestemmt war, und dem Kopf mit schwarzem Zylinder und einer Pfeife im grinsenden Mund. Murrend baute Luther das verdammte Ding zusammen, indem er die Plastikteile ineinander steckte. Er schraubte die Glühbirne in Frostys Eingeweide, schloss das fünfundzwanzig Meter lange Verlängerungskabel an, band dem Schneemann das Nylonseil um die Mitte und brachte ihn in Stellung für die Reise auf das Dach.

Es war Viertel vor fünf. Seine Tochter und ihr Verlobter würden in einer Stunde und fünfzehn Minuten landen. Die Fahrt zum Flughafen dauerte zwanzig Minuten, und dann musste man noch den Wagen abstellen, den Shuttlebus nehmen, laufen, schubsen, drängeln.

Luther hätte am liebsten aufgegeben und angefangen zu trinken.

Aber er zog an seinem Ende des Seils, bis es straff um den Schornstein verlief und Frosty vom Boden abhob. Luther kletterte neben ihm die Leiter empor und bugsierte ihn über die Dachrinne und auf die Schindeln. Luther zerrte, Frosty bewegte sich ein paar Zentimeter. Die vierzig Pfund Hartplastik fühlten sich schon bald sehr viel schwerer an. Langsam legten sie den Weg zum Schornstein zurück, Seite an Seite, wobei Luther

Das Fest

auf allen vieren kroch und der Schneemann auf dem Rücken schleifte.

Die Spur von Dämmerung am Himmel war keine wirkliche Hilfe. Sobald Luther samt Frosty den Dachfirst erreichte, würden sie sämtlichen Blicken ausgesetzt sein. Luther würde aufrecht stehen müssen, während er sich mit dem Schneemann herumschlug, ihn an der Vorderseite des Schornsteins befestigte, und wenn der alte Frosty sich erst einmal an seinem Platz befand, wenn die Zweihundert-Watt-Birne leuchtete und er seinen einundvierzig Kameraden zuwinkte, würde die ganze Hemlock Street wissen, dass Luther kapituliert hatte. Also ruhte er sich direkt unterhalb des Firstes noch für einen Augenblick aus und versuchte, sich selbst davon zu überzeugen, dass ihm egal war, was seine Nachbarn dachten oder sagten. Er hielt das Seil fest umklammert, lehnte sich mit dem Rücken ans Dach, betrachtete die Wolken und stellte fest, dass er gleichzeitig schwitzte und fror. Seine Nachbarn … sie würden hinter vorgehaltener Hand kichern oder ihn offen auslachen und noch jahrelang die Geschichte von Luther Kranks Weihnachtsverweigerung erzählen. Er würde zum Gespött der Stadt werden, aber was machte das schon?

Blair würde glücklich sein. Enrique würde ein richtiges amerikanisches Weihnachtsfest erleben. Und damit wäre Nora hoffentlich besänftigt.

Dann dachte Luther daran, dass die *Island Princess* am nächsten Tag mit zwei Passagieren weniger an Bord von der Pier in Miami ablegen und Kurs auf die Strände und Inseln nehmen würde, nach denen er sich im Augenblick so sehr sehnte.

Siebzehn

Ihm wurde speiübel.

Walt Scheel hatte in der Küche gesessen, wo Bev gerade einen Kuchen backte, und schlenderte nun aus reiner Gewohnheit zum vorderen Fenster, um das Haus der Kranks zu beobachten. Zuerst konnte er nichts Ungewöhnliches entdecken, doch dann erstarrte er. Da oben, direkt neben dem Schornstein, spähte Luther über den Dachfirst. Und dann sah Walt, wie langsam Frostys schwarzer Zylinder sowie sein Kopf zum Vorschein kamen. »Bev!«, brüllte Walt.

Luther richtete sich auf, blickte sich rasch um, als sei er ein Einbrecher, stützte sich am Schornstein ab und begann, an Frosty zu ziehen und zu zerren.

»Das ist nicht dein Ernst«, sagte Bev und wischte sich die Hände am Geschirrtuch ab. Walt konnte vor Lachen nichts erwidern. Er griff nach dem Telefon, um Frohmeyer und Becker anzurufen.

Als Frosty für die ganze Straße zu sehen war, schob Luther ihn vorsichtig zur Vorderseite des Schornsteins und an seinen angestammten Platz. Luther hatte vor, ihn dort so lange festzuhalten, bis er den fünf Zentimeter breiten Segeltuchriemen um Frostys ziemlich dicke Körpermitte geschlungen und dann sicher am Schornstein befestigt hatte. Genau wie im letzten Jahr. Da hatte es hervorragend geklappt.

Vic Frohmeyer lief in den Keller, wo seine Kinder sich einen Weihnachtsfilm ansahen. »Mr Krank stellt seinen Frosty auf! Ihr könnt zugucken gehen, aber bleibt auf dem Bürgersteig.« Der Keller leerte sich.

Auf der Vorderseite des Daches befand sich wenige Zenti-

Das Fest

meter vom Schornstein entfernt eine vereiste Stelle, die für Luther praktisch unsichtbar war. Frosty befand sich an seinem Platz, war aber noch nicht gesichert, und während Luther sich damit abmühte, das Nylonseil zu entfernen, das Elektrokabel straff zu ziehen, den Riemen am Schornstein festzubinden, und somit vielleicht den gefährlichsten Schritt der gesamten Operation durchführte, hörte er unter sich Stimmen. Als er sich umdrehte, um herauszufinden, wer ihn da beobachtete, trat er versehentlich auf eben jenen Eisflecken, und sofort entglitt ihm alles.

Frosty kippte um und sauste die vordere Dachseite hinunter. Es gab nichts, was ihn hätte aufhalten können – kein Seil, keine Schnur, kein Band, überhaupt nichts. Luther schlitterte direkt hinter ihm abwärts, hatte es jedoch glücklicherweise geschafft, sich in allem Verfügbaren zu verheddern. Er glitt mit dem Kopf voran das steile Dach hinunter und schrie dabei so laut, dass Walt und Bev ihn noch drinnen im Haus deutlich hören konnten. Luther rutschte wie eine Lawine auf den sicheren Tod zu.

Hinterher fiel ihm auf, dass er sich klar an alle Einzelheiten seines Falls erinnern konnte. Die Vorderseite des Daches war offensichtlich stärker vereist als die Rückseite, denn er fühlte sich wie ein Puck beim Eishockey. Dann flog er mit dem Kopf zuerst vom Dach und sah die betonierte Auffahrt auf sich zukommen. Später wusste er noch, dass er zwar gehört, aber nicht gesehen hatte, wie Frosty irgendwo in der Nähe krachend auf dem Boden aufschlug. Kurz darauf verspürte er einen scharfen Schmerz in den Knöcheln, weil das Seil und das Verlängerungskabel kein Spiel mehr hatten, sich abrupt strafften und den ar-

Siebzehn

men Luther mit einem Ruck aufhielten, wodurch sie ihm zweifellos das Leben retteten.

Luther auf seinem Bauch das Dach hinuntersausend und scheinbar seinen flüchtigen Frosty verfolgend – dieser Anblick war zu viel für Walt Scheel. Er krümmte sich vor Lachen. Bev hingegen beobachtete die Szene mit Entsetzen.

»Sei still, Walt!«, schrie sie und fügte gleich darauf hinzu: »Tu doch etwas!« Luther hing inzwischen ein gutes Stück über dem Boden und drehte sich langsam. Seine Füße befanden sich nicht weit von der Dachrinne entfernt.

Hilflos schwang Luther über seiner Auffahrt. Nach einigen Drehungen hatten sich Nylonseil und Verlängerungskabel fest miteinander verflochten und bewegten sich nicht mehr. Luther wurde schlecht, und er schloss für eine Sekunde die Augen. Wie erbricht man sich, wenn man kopfüber nach unten hängt?

Walt wählte die Notrufnummer 911. Er meldete, dass ein Bewohner der Hemlock Street sich verletzt habe, sich vermutlich sogar in Lebensgefahr befinde, daher solle auf der Stelle ein Krankenwagen geschickt werden. Dann rannte er hinaus und auf die andere Straßenseite, wo sich inzwischen die Frohmeyer-Kinder unter Luther versammelt hatten. Gerade kam auch Vic Frohmeyer angelaufen, und nebenan stürmte der gesamte Becker-Klan aus dem Haus.

»Der arme Frosty«, hörte Luther eines der Kinder sagen.

Er hätte am liebsten gebrüllt: »Euch geb ich gleich einen armen Frosty!«

Das Nylonseil schnitt ihm ins Fleisch. Außerdem wagte er es nicht mehr, sich zu rühren, weil es ein wenig nachzugeben schien.

Das Fest

Da er sich immer noch gute zwei Meter vierzig über dem Boden befand, würde ein Sturz verheerende Folgen haben. Luther versuchte, tief durchzuatmen und sich zusammenzunehmen. Auf einmal hörte er die Stimme von Frohmeyer, diesem Großmaul. Würde mir bitte jemand den Gnadenschuss verpassen?, dachte er.

»Luther, geht es dir gut?«, erkundigte sich Frohmeyer.

»Prima, vielen Dank, Vic. Und selbst?« Langsam fing Luther an, sich wieder im Wind zu drehen. Es dauerte nicht lang, bis sein Gesicht der Straße zugewandt war und er sich Auge in Auge mit seinen Nachbarn wiederfand, den letzten Menschen, die er im Moment sehen wollte.

Irgendjemand rief: »Holt eine Leiter!«

»Hat er da etwa ein Stromkabel um die Füße?«, fragte ein anderer.

»Woran ist das Seil denn befestigt?«, wollte ein dritter wissen. Die Stimmen kamen Luther alle bekannt vor, aber er konnte sie nicht zuordnen.

»Ich habe neun-eins-eins angerufen«, hörte er Walt Scheel sagen.

»Danke, Walt«, rief Luther laut in Richtung der Menschenmenge. Doch da drehte er sich bereits wieder auf das Haus zu.

»Ich glaube, Frosty ist hinüber«, murmelte ein Teenager.

Während Luther dort hing und auf den Tod wartete, darauf, dass das Seil nachgab, sich dann völlig löste und ihn auf den Boden krachen ließ, durchströmte ihn der Hass auf Weihnachten mit neuer Leidenschaft. Weihnachten hatte ihn in diese Lage gebracht.

Siebzehn

Weihnachten war an allem schuld.

Und er hasste auch seine Nachbarn, sie alle, ob alt oder jung. Sie scharten sich mittlerweile zu Dutzenden in seiner Auffahrt, er konnte sie herbeilaufen hören, und während er sich langsam um sich selbst drehte, sah er, wie immer mehr Leute die Straße entlangrannten, um diesen Anblick nur ja nicht zu verpassen.

Irgendwo über ihm knackte es, dann gaben Seil und Kabel nach, und Luther sackte weitere fünfzehn Zentimeter ab, bevor sein Fall erneut ruckartig gestoppt wurde. Die Menge schnappte nach Luft. Zweifellos wären einige der Zuschauer gern in Beifallsrufe ausgebrochen.

Frohmeyer blaffte Befehle, als hätte er es jeden Tag mit derartigen Situationen zu tun. Zwei Leitern wurden herbeigeschleppt und rechts und links von Luther platziert. Ned Becker schrie von der Terrasse herüber, dass er herausgefunden habe, woran das Kabel und das Nylonseil festhingen, allerdings würden sie seiner Expertenmeinung nach nicht mehr lange halten.

»Hast du das Verlängerungskabel in eine Steckdose gesteckt?«, fragte Frohmeyer.

»Nein«, erwiderte Luther.

»Wir werden dich da runterholen, okay?«

»Ja bitte.«

Frohmeyer kletterte die eine Leiter hoch, Ned Becker die andere. Luther wurde sich bewusst, dass Swade Kerr unter ihm stand, ebenso Ralph Brixley und John Galdy und einige der älteren Burschen der Straße.

Mein Leben liegt in ihren Händen, sagte Luther zu sich selbst und schloss die Augen. Abzüglich der elf Pfund, die er sich für

Das Fest

die Kreuzfahrt weggehungert hatte, wog er knapp neunundsiebzig Kilo. Er fragte sich beunruhigt, wie seine Nachbarn ihn eigentlich entwirren und dann auf den Boden hinunterlassen wollten. Seine Retter waren Männer mittleren Alters, die höchstens noch auf dem Golfplatz ins Schwitzen kamen. Auf jeden Fall betrieben sie kein Powerlifting. Swade Kerr war ein schmächtiger Vegetarier, der es gerade eben schaffte, morgens seine Zeitung aufzuheben – nichtsdestotrotz war er offenbar der Meinung, Luther helfen zu können.

»Wie wollt ihr es anstellen, Vic?«, fragte Luther. In seiner Position, mit den Füßen kerzengrade nach oben, fiel ihm das Sprechen nicht gerade leicht. Durch die Schwerkraft staute sich das Blut in seinem Kopf und ließ ihn heftig pochen.

Vic zögerte. Eigentlich hatten sie keinen Plan.

Luther konnte die Gruppe von Männern nicht sehen, die direkt unter ihm stand, um ihn bei einem eventuellen Sturz aufzufangen.

Er hörte jedoch zwei Dinge. Zuerst rief jemand: »Da kommt Nora!«

Und dann erklangen Sirenen.

Achtzehn

Die Menschenmenge teilte sich, um den Krankenwagen durchzulassen. Er blieb drei Meter vor den Leitern, vor
dem Mann, der kopfüber vom Dach hing, und vor seinen Möch-
tegernrettern stehen. Zwei Sanitäter und ein Feuerwehrmann
sprangen heraus, stellten die Leitern beiseite, scheuchten Frohmeyer und seine Kohorten aus dem Weg, dann fuhr einer von
ihnen den Wagen vorsichtig unter Mr Krank.

»Luther, was machst du da oben?«, schrie Nora, während sie
sich durch das Gedränge kämpfte.

»Wonach sieht es denn aus?«, schrie er zurück, woraufhin das
Pochen in seinem Kopf noch heftiger wurde.

»Geht es dir gut?«

»Fantastisch!«

183

Das Fest

Die Sanitäter und der Feuerwehrmann kletterten auf die Motorhaube des Krankenwagens, hoben Luther rasch einige Zentimeter an, befreiten ihn von Seil und Kabel und ließen ihn dann langsam hinunter. Einige wenige Leute klatschten, die meisten wirkten jedoch eher gleichgültig.

Nachdem die Sanitäter Luthers Puls und Blutdruck überprüft hatten, trugen sie ihn zum Heck des Wagens. Seine Füße waren vollkommen empfindungslos, so dass er nicht allein stehen konnte. Außerdem zitterte er am ganzen Körper, also legte einer der Sanitäter ihm zwei orangefarbene Decken um. Während Luther im Krankenwagen saß, auf die Straße hinaus blickte und den gaffenden Mob zu ignorieren versuchte, der zweifelsohne eine wahre Freude an seiner Schmach hatte, verspürte er lediglich Erleichterung. Seine Rutschpartie über das Dach war zwar kurz, aber dafür umso grauenhafter gewesen. Er konnte von Glück sagen, dass er momentan überhaupt bei Bewusstsein war.

Sollten sie doch glotzen. Sollten sie ruhig gaffen. Er hatte zu große Schmerzen, als dass ihn dies noch gekümmert hätte.

Nora trat näher, um ihn zu inspizieren. Sie stellte fest, dass es sich bei dem Feuerwehrmann um Kistler und bei einem der Sanitäter um Kendall handelte, jene beiden netten jungen Männer, die Luther vor ein paar Wochen Christstollen für den Spielzeugfonds hatten verkaufen wollen. Sie dankte ihnen für ihre Hilfe.

»Sollen wir Sie ins Krankenhaus bringen?«, fragte Kendall.

»Als reine Vorsichtsmaßnahme«, fügte Kistler hinzu.

»Nein, danke«, erwiderte Luther mit klappernden Zähnen. »Es ist ja nichts gebrochen.« Im Augenblick kam es ihm allerdings so vor, als hätte er keinen heilen Knochen mehr im Körper.

Achtzehn

Ein Polizeiwagen raste heran und parkte mitten auf der Straße, selbstverständlich mit eingeschaltetem Blaulicht. Treen und Salino stiegen aus, stolzierten durch die Menge und versuchten, sich einen Überblick zu verschaffen.

Frohmeyer, Becker, Kerr, Scheel, Brixley, Kropp, Galdy, Bellington – sie alle traten näher und bildeten einen Halbkreis um Luther und Nora. Auch Spike war dabei. Während Luther seine Wunden leckte und die banalen Fragen der Uniformierten beantwortete, drängten sich praktisch sämtliche Bewohner der Hemlock Street heran, um besser sehen zu können.

Nachdem Salino die Geschichte im Großen und Ganzen begriffen hatte, sagte er ziemlich laut: »Frosty? Ich dachte, Sie würden dieses Jahr kein Weihnachten feiern, Mr Krank. Zuerst leihen Sie sich einen Baum, und jetzt das ...«

»Was geht hier eigentlich vor, Luther?«, rief Frohmeyer. Es war die Frage, die sich alle stellten, und deren Antwort alle interessierte.

Nach einem Blick auf Nora war Luther klar, dass sie keinen Ton sagen würde. Die Erklärungen waren seine Sache.

»Blair kommt nach Hause«, stieß er hervor und rieb seinen linken Knöchel.

»Blair kommt nach Hause«, wiederholte Frohmeyer laut, und die Neuigkeit lief wie eine Welle durch die Menge. Gleichgültig, was die Nachbarn momentan von Luther halten mochten – Blair wurde von allen vergöttert. Sie hatten sie aufwachsen sehen, voller Stolz zur Universität geschickt und jedes Jahr im Sommer auf ihre Heimkehr gewartet. Blair hatte früher oft auf die kleineren Kinder in der Hemlock Street aufgepasst. Da sie ein Einzelkind

Das Fest

war, behandelte sie die anderen immer wie ihre Familienmitglieder. Sie war für alle wie eine große Schwester.

»Und sie bringt ihren Verlobten mit«, fügte Luther hinzu. Auch diese Nachricht verbreitete sich in Windeseile unter den Zuschauern.

»Wer ist Blair?«, fragte Salino in einem Tonfall, als sei er bei der Mordkommission und auf der Suche nach Anhaltspunkten für ein Kapitalverbrechen.

»Meine Tochter«, sagte Luther. »Sie ist vor einem Monat mit dem Friedenskorps nach Peru gegangen und wollte erst gegen Ende des nächsten Jahres zurückkommen. Das dachten wir zumindest. Und dann rief sie uns heute um elf Uhr aus Miami an und sagte, dass sie als große Überraschung zu Weihnachten nach Hause käme und außerdem ihren Verlobten mitbrächte, irgendeinen Arzt, den sie da unten kennen gelernt hat.« Nora stellte sich an seine Seite und hielt ihn am Ellbogen.

»Und sie rechnet damit, bei euch einen Weihnachtsbaum zu sehen?«, fragte Frohmeyer.

»Ja.«

»Und einen Frosty auf dem Dach?«

»Natürlich.«

»Und was ist mit der alljährlichen Heiligabendparty der Kranks?«

»Die erwartet sie auch.«

Die Menge schob sich langsam noch näher, während Frohmeyer die Situation analysierte. »Wann wird Blair hier sein?«, erkundigte er sich schließlich.

»Die Maschine landet um sechs.«

Achtzehn

»Um sechs!?«

Überall wurde auf Armbanduhren gestarrt. Luther rieb sich den anderen Knöchel. In seinen Füßen kribbelte und brannte es – ein gutes Zeichen. Das Blut begann wieder zu zirkulieren.

Vic Frohmeyer trat einen Schritt zurück und ließ den Blick über seine Nachbarn schweifen. Er räusperte sich, reckte das Kinn vor und sagte laut: »In Ordnung, Leute, der Plan sieht folgendermaßen aus: Hier bei den Kranks wird gleich eine Party stattfinden, eine Weihnachtsfeier für Blair. Wenn es euch also möglich ist, dann lasst alles stehen und liegen und macht mit. Nora, hast du einen Truthahn?«

»Nein«, sagte sie verlegen. »Bloß geräucherte Forelle.«

»Geräucherte Forelle?«

»Etwas anderes gab es nicht mehr.«

Einige der Frauen flüsterten: »Geräucherte Forelle?«

»Wer hat einen Truthahn?«, fragte Frohmeyer in die Runde.

»Wir haben zwei«, verkündete Jude Becker. »Sie sind beide gerade im Ofen.«

»Ausgezeichnet«, sagte Frohmeyer. »Cliff, du nimmst ein Team mit zum Haus der Brixleys und holst ihren Frosty. Bring auch ein paar Lichterketten mit, die hängen wir dann in Luthers Buchsbäume. Alle anderen gehen bitte nach Hause, ziehen sich um, packen so viel Essen ein, wie sie entbehren können, und treffen sich in einer halben Stunde wieder hier.«

Er musterte Salino und Treen und sagte: »Sie beide fahren zum Flughafen.«

»Weswegen?«, wollte Salino wissen.

»Jemand muss Blair abholen.«

Das Fest

»Ich weiß nicht, ob das geht.«

»Soll ich den Polizeichef anrufen und nachfragen?«

Treen und Salino machten sich auf den Weg zu ihrem Wagen. Da die Nachbarn nun wichtige Aufgaben zu erledigen hatten, begann sich die Menge schnell zu zerstreuen. Luther und Nora blickten den Bewohnern der Hemlock Street nach, die alle rasch und entschlossen in ihren Häusern verschwanden.

Nora sah Luther mit Tränen in den Augen an, und auch Luther hatte das Gefühl, weinen zu müssen. Seine Knöchel waren wund.

»Wie viele Leute kommen zu der Party?«, erkundigte sich Frohmeyer.

»Oh, ich habe keine Ahnung«, entgegnete Nora und starrte auf die leer gefegte Straße.

»Nicht so viele, wie du denkst«, informierte sie Luther. »Die Underwoods haben angerufen und abgesagt. Dox ebenfalls.«

»Und Reverend Zabriskie«, warf Nora ein.

»Doch nicht etwa *Mitch* Underwood?«, fragte Frohmeyer.

»Genau der, aber er kommt ja nicht.«

Was für eine traurige kleine Party, dachte Frohmeyer. »Also — wie viele Gäste braucht ihr?«

»Alle sind eingeladen«, sagte Luther. »Die ganze Straße.«

»Ja, die gesamte Straße«, bestätigte Nora.

Frohmeyer fixierte Kistler und fragte: »Wie viel Mann sind heute in der Wache?«

»Acht.«

»Können die Feuerwehrmänner und Sanitäter auch kommen?«, wandte sich Vic an Nora.

Achtzehn

»Ja, sie sind alle eingeladen«, antwortete sie.

»Und die Polizisten ebenso«, fügte Luther hinzu.

»Das wird eine ziemlich große Gesellschaft.«

»Eine große Gesellschaft wäre schön, nicht wahr, Luther?«, fragte Nora.

Er zog die Decken enger um sich und sagte: »Ja, eine große Gesellschaft würde Blair gefallen.«

»Wie wäre es mit ein paar Weihnachtssängern?«, schlug Frohmeyer vor.

»Das ist eine gute Idee.«

Sie halfen Luther ins Haus. In der Küche konnte er schon wieder ohne Hilfe gehen, humpelte aber stark. Kendall ließ ihm eine Krücke da, doch Luther schwor sich, dass er sie nicht benutzen würde.

Als sie endlich allein waren, setzten Luther und Nora sich ins Wohnzimmer vor den Kamin und genossen ein paar ruhige Augenblicke. Sie unterhielten sich über Blair und versuchten vergeblich, mit der Aussicht auf einen Verlobten, Bräutigam und zukünftigen Schwiegersohn fertig zu werden.

Die Geschlossenheit, mit der sich ihre Nachbarn hinter sie gestellt hatten, rührte sie unbeschreiblich. Die Kreuzfahrt wurde mit keiner Silbe erwähnt.

Dann sah Nora auf die Uhr und stellte fest, dass es Zeit wurde, sich umzuziehen. »Schade, dass ich keinen Fotoapparat zur Hand hatte«, sagte sie und stand auf. »Es war ein Bild für die Götter, wie du kopfüber da oben hingst und die halbe Stadt dich anstarrte.« Sie lachte den ganzen Weg bis zum Schlafzimmer.

Neunzehn

Blair war ein wenig enttäuscht, dass ihre Eltern nicht in der Ankunftshalle auf sie warteten. Sicher, sie hatte sie erst kurzfristig informiert, der Flughafen war hoffnungslos überfüllt, und die beiden steckten bestimmt mitten in den Vorbereitungen für die Party – aber schließlich brachte sie den Einen, den *Einzigen* mit nach Hause! Doch während sie und Enrique mit schnellen Schritten die Halle durchquerten, verlor sie kein Wort darüber. Sie gingen Arm in Arm und Hüfte an Hüfte und schafften es irgendwie, sich geschickt durch die Menschenmassen zu schlängeln, obwohl sie doch nur Blicke füreinander hatten.

Auch an der Gepäckausgabe war niemand, um sie in Empfang zu nehmen. Doch als sie ihre Koffer in Richtung Ausgang

Neunzehn

schleppten, entdeckte Blair zwei Polizisten, die ein handgemaltes Schild mit der Aufschrift »Blair und Enriqe« hochhielten.

Sie hatten Enriques Namen falsch geschrieben, aber was machte das schon? Sobald sich Blair zu erkennen gab, eilten die Polizisten herbei, übernahmen das Gepäck und lotsten sie und ihren Verlobten durch die Menge. Auf dem Weg nach draußen erzählte Officer Salino, der Polizeichef habe extra eine Eskorte geschickt. Willkommen zu Hause!

»Die Party wird gleich beginnen«, sagte er und verstaute die Sachen im Kofferraum eines Polizeiwagens, der im absoluten Halteverbot vor dem Taxistand parkte. Ein zweiter Einsatzwagen stand direkt davor.

Als Südamerikaner hatte Enrique einige Bedenken, freiwillig in ein Polizeiauto zu steigen. Er warf einen nervösen Blick in die Runde – auf das Gedrängel auf dem Bürgersteig, auf die Taxen und Busse, die Stoßstange an Stoßstange fuhren, auf schreiende Menschen und Sicherheitsbeamte, die in ihre Trillerpfeifen bliesen. Fluchtgedanken schossen ihm durch den Kopf, doch dann richteten sich seine Augen wieder auf das bildschöne Gesicht des Mädchens, das er liebte.

»Na, komm schon«, sagte Blair, und sie nahmen auf dem Rücksitz Platz. Er wäre ihr überallhin gefolgt. Mit eingeschaltetem Blaulicht rasten die beiden Autos davon und zwangen die anderen Verkehrsteilnehmer auf die Seite.

»Ist das immer so?«, flüsterte Enrique.

»Nein, nie«, antwortete Blair und dachte: Was für ein netter Einfall.

Officer Treen fuhr wie ein Verrückter. Officer Salino saß

Das Fest

stumm neben ihm und dachte daran, wie Luther Krank vor den Augen der gesamten Nachbarschaft von seinem Dach gehangen hatte. Salino lächelte still in sich hinein. Aber diese Geschichte würde er mit keiner Silbe erwähnen. Blair sollte die Wahrheit niemals erfahren, laut Befehl von Vic Frohmeyer, der sogar mit dem Bürgermeister telefoniert hatte und beim Polizeichef ohnehin immer ein offenes Ohr fand.

Als sie sich den Vororten näherten, nahm der Verkehr ab, und es begann leicht zu schneien. »Angeblich sollen es heute noch zehn Zentimeter werden!«, rief Salino über die Schulter hinweg. »Schneit es in Peru auch?«

»Ja, in den Bergen«, erwiderte Enrique. »Aber ich lebe in Lima, der Hauptstadt.«

»Ein Cousin von mir war mal in Mexiko«, sagte Salino, ließ es jedoch dabei bewenden. Der Cousin wäre zwar beinahe gestorben, aber Salino erkannte, dass Horrorgeschichten aus der Dritten Welt im Moment nicht besonders angebracht waren.

Blair verfügte über einen ausgeprägten Beschützerinstinkt, was ihren Verlobten und sein Heimatland anging, daher warf sie hastig ein: »Hat es seit Thanksgiving überhaupt schon einmal geschneit?«

Das Wetter war wie immer ein dankbares Gesprächsthema. »Vor einer Woche hatten wir fünf Zentimeter, oder?« Salino blickte zu Treen hinüber, der sich erfolgreich bemühte, den Abstand zum ersten Polizeiwagen nicht größer als anderthalb Meter werden zu lassen und dabei das Lenkrad so fest umklammert hielt, dass seine Fingerknöchel weiß hervortraten.

»Zehn Zentimeter«, entgegnete Treen mit Autorität in der Stimme.

Neunzehn

»Nein, es waren fünf!«, widersprach Salino.

»Zehn«, beharrte Treen und schüttelte den Kopf, was Salino offensichtlich verärgerte.

Sie einigten sich schließlich auf siebeneinhalb Zentimeter, während Blair und Enrique sich auf dem Rücksitz aneinander kuschelten und die Reihen von hübsch geschmückten Häusern betrachteten, an denen sie vorbeifuhren.

»Wir sind gleich da«, sagte Blair leise. »Das hier ist die Stanton Street, die Hemlock Street kommt als Nächstes.«

Spike fungierte als Beobachtungsposten und blinkte zweimal kurz hintereinander mit seiner Pfadfinder-Signallampe. Alles war bereit für die Vorstellung.

❄

Unter Qualen humpelte Luther ins Badezimmer, wo Nora gerade letzte Hand an ihr Make-up legte. Sie hatte zwanzig Minuten lang verzweifelt alles ausprobiert, was sie finden konnte – Grundierungen, Puder, glitzerndes Rouge. Ihre wunderbar gebräunte Haut blieb vom Hals abwärts unter entsprechender Kleidung verborgen, und sie war wild entschlossen, ihre Gesichtsfarbe aufzuhellen.

Es gelang ihr allerdings nicht.

»Du siehst irgendwie abgezehrt aus«, stellte Luther fest. Um Noras Kopf staubte eine Puderwolke.

Luther selbst war zu sehr mit seinen Schmerzen beschäftigt, um sich über seine Bräune Gedanken zu machen. Auf Noras Vorschlag hin trug er Schwarz – eine schwarze Strickjacke über

Das Fest

einem schwarzen Rollkragenpullover, dazu eine dunkelgraue Hose. Je dunkler die Kleidung, desto blasser wirkte ihrer Meinung nach seine Haut. Die Strickjacke hatte er bisher zwar nur einmal angezogen, aber glücklicherweise handelte es sich um ein Geburtstagsgeschenk von Blair. Den Pullover hatte er noch kein einziges Mal getragen, und weder er noch Nora konnten sich daran erinnern, woher er stammte.

Luther kam sich vor wie ein Mafioso.

»Gib es doch einfach auf«, sagte er, während sie hektisch mit Töpfchen und Tiegeln hantierte und kurz davor schien, ihm alles an den Kopf zu schleudern.

»Du hast leicht reden«, schnappte sie. »Blair darf niemals von dieser Kreuzfahrt erfahren, hast du mich verstanden, Luther?«

»Dann erzähl ihr eben nichts von der Kreuzfahrt. Sag ihr, dein Arzt hätte dir den regelmäßigen Solariumbesuch empfohlen, damit du genug von diesem … äh … welches Vitamin ist das noch gleich?«

»Vitamin D, aber das funktioniert nur mit echtem Sonnenlicht, nicht auf der Sonnenbank. Noch eine deiner dummen Ideen, Luther.«

»Dann sag ihr, wir hätten für die Jahreszeit ungewöhnlich mildes Wetter gehabt und viel im Garten gearbeitet.«

»Damit könntest nur *du* dich herausreden, und es würde sowieso nicht klappen. Blair ist schließlich nicht blind. Sie wird einen Blick auf deine Blumenbeete werfen und sehen, dass du seit Monaten nichts mehr daran getan hast.«

»Autsch.«

»Irgendwelche anderen schlauen Vorschläge?«

Neunzehn

»Wir wollten schon mal den Frühling einläuten und haben eine günstige Dauerkarte fürs Solarium gekauft.«

»Sehr witzig.«

Eingeschnappt fegte Nora an Luther vorbei und zog eine Spur von Puder hinter sich her. Als Luther an seiner Krücke den Flur entlanghumpelte, auf das Gedränge in seinem Wohnzimmer zu, hörte er auf einmal jemanden brüllen: »Da kommen sie!«

Ralph Brixley hockte in Schneetreiben und Kälte hinter dem Schornstein auf Luther Kranks Dach und musste seinen Frosty an Ort und Stelle halten, weil der Segeltuchriemen gerissen war. Als er am anderen Ende der Straße Spikes Signallampe aufleuchten sah, schrie er »Da kommen sie!« zu Kranks Terrasse hinunter, wo sein Helfer Judd Bellington gerade versuchte, den Riemen zu flicken.

Aus luftiger Höhe beobachtete Ralph mit einem gewissen Maß an Stolz (und einem gewissen Maß an Frustration, weil es dort oben immer kälter wurde), wie alle Nachbarn an einem Strang zogen, um einem der ihren zu helfen – auch wenn es sich dabei um Luther Krank handelte.

Unter der zitterigen Führung von Mrs Ellen Mulholland hatte sich ein großer Chor neben der Auffahrt versammelt und »Jingle Bells« angestimmt. Linda Galdy besaß einen Satz Glocken, den ihr eilig zusammengestelltes Ensemble nun im Takt mit dem Chor zu läuten begann. Auf dem vorderen Rasen drängten sich die Nachbarskinder und warteten gespannt auf Blair und ihren geheimnisvollen Verlobten.

Als sich die Polizeiwagen langsam dem Haus der Kranks näherten, brachen die Kinder in lautes Jubelgeschrei aus.

Das Fest

»Meine Güte, was für ein Auflauf!«, sagte Blair.

Vor dem Haus der Beckers parkte ein Feuerwehrwagen, vor dem der Trogdons ein hellgrüner Krankenwagen, und genau aufs Stichwort wurden sämtliche Blaulichter eingeschaltet, um Blair willkommen zu heißen. Sobald die Polizeiautos in der Auffahrt zum Stehen kamen, riss Vic Frohmeyer höchstpersönlich die Vordertür auf und rief mit dröhnender Stimme: »Fröhliche Weihnachten, Blair!«

Das Paar stieg aus und wurde von Dutzenden Nachbarn umringt, während der Chor sich die Seele aus dem Leib sang. Blair stellte Enrique vor, der sich über diesen Empfang ein wenig zu wundern schien. Dann bahnten sie sich einen Weg zur Haustür und in das Wohnzimmer, wo weitere Hurrarufe ertönten. Auf Noras Bitte hin hatten vier Feuerwehrmänner und drei Polizisten Schulter an Schulter vor dem Weihnachtsbaum Aufstellung genommen, damit Blair so wenig wie möglich von ihm sah.

Indessen warteten Luther und Nora in ihrem Schlafzimmer nervös auf die private Wiedervereinigung mit ihrer Tochter und das erste Treffen mit Enrique.

»Und wenn er uns nicht gefällt?«, murmelte Luther, der auf der Bettkante saß und seine Knöchel rieb. Der Geräuschentwicklung nach zu urteilen schien die Party unten im Wohnzimmer langsam auf Touren zu kommen.

»Sei still, Luther. Unsere Tochter ist ein kluges Mädchen«, entgegnete Nora und bestäubte ihre Wangen mit einer letzten Schicht Puder.

»Aber sie haben sich doch gerade erst kennen gelernt.«

»Liebe auf den ersten Blick.«

Neunzehn

»Unmöglich, so etwas gibt es nicht.«

»Vielleicht hast du Recht. Ich habe auch drei Jahre gebraucht, um dein Potenzial zu entdecken.«

Die Tür öffnete sich, und Blair stürmte herein. Nora und Luther sahen beide zuerst sie an und warfen dann einen schnellen Blick auf Enrique, um festzustellen, wie dunkelhäutig er war.

Er war überhaupt nicht dunkel! Sondern mindestens zwei Nuancen heller als Luther.

Sie umarmten und drückten ihre Tochter, als sei sie jahrelang fort gewesen, und begrüßten dann mit großer Erleichterung ihren zukünftigen Schwiegersohn.

»Ihr beide seht großartig aus!«, rief Blair und betrachtete ihre Eltern von Kopf bis Fuß. Nora trug einen dicken Strickpullover mit Weihnachtsmotiv, da sie zum ersten Mal in ihrem Leben fülliger wirken wollte, als sie war. Luther gab den alternden Gigolo.

»Wir haben ein bisschen auf unser Gewicht geachtet«, erklärte er und wollte gar nicht mehr aufhören, Enrique die Hand zu schütteln.

»Du bist in der Sonne gewesen«, sagte Blair zu Luther.

»Ja ... äh ... wir hatten ein paar ungewöhnlich warme Tage für die Jahreszeit. Letztes Wochenende habe ich mir bei der Gartenarbeit einen kleinen Sonnenbrand geholt.«

»Wir sollten langsam hinuntergehen«, unterbrach Nora rasch.

»Ja, wir dürfen unsere Gäste nicht so lange warten lassen«, fügte Luther hinzu und trat auf den Flur.

»Sieht er nicht gut aus?«, flüsterte Blair ihrer Mutter zu, obwohl Enrique nur einen Schritt vor ihnen ging.

Das Fest

»Sehr gut«, erwiderte Nora stolz.

»Warum humpelt Daddy eigentlich?«

»Er hat sich den Knöchel verstaucht. Nichts Schlimmes.«

Das Wohnzimmer war gerammelt voll. Nicht, dass es Blair etwas ausgemacht hätte, aber ihr fiel auf, dass es sich diesmal um eine andere Art von Gesellschaft handelte. Die meisten der üblichen Gäste waren nicht anwesend, dafür jedoch fast alle Nachbarn. Und sie konnte sich beim besten Willen nicht vorstellen, aus welchem Grund ihre Eltern die Polizisten und Feuerwehrmänner eingeladen hatten.

Enrique wurde mit einigen Geschenken bedacht, die er in der Mitte des Raumes auspackte. Ned Becker hatte ein rotes Golfhemd mit dem Aufdruck eines nahe gelegenen Country Clubs zur Verfügung gestellt. John Galdy hatte einen Bildband über die Landgasthöfe der Umgebung geschenkt bekommen. Nachdem seine Frau ihn flugs wieder in Papier eingeschlagen hatte, luden sie ihn gemeinsam bei Enrique ab, was diesen beinahe zu Tränen rührte. Die Feuerwehrmänner überreichten ihm zwei Christstollen, worauf er zugeben musste, dass derartige Köstlichkeiten in Peru unbekannt waren. Der Polizeiverband schenkte ihm einen Kalender.

»Sein Englisch ist perfekt«, sagte Nora flüsternd zu Blair.

»Besser als meins«, flüsterte diese zurück.

»Hattest du nicht gesagt, dass er noch nie in den Staaten war?«

»Er ist in London zur Schule gegangen.«

»Oh.« Enrique rückte auf der Sympathieskala eine weitere Stufe nach oben. Gut aussehend, im Ausland erzogen, Arzt. »Wo hast du ihn denn kennen gelernt?«

Neunzehn

»In Lima, während der Einführungswoche.«

Wieder ertönten Beifallsrufe. Enrique hatte aus einem hohen Karton eine Lavalampe zutage gefördert, die von den Bellingtons stammte.

Nachdem die Bescherung vorüber war, erklärte Luther das Büffet für eröffnet. Alle schlenderten in die Küche, wo sich der Tisch unter den großzügigen Spenden der Nachbarn bog. Die Platten und Schüsseln waren immer wieder umgestellt und neu arrangiert worden, bis das Essen originalgetreu und festlich wirkte. Selbst Noras geräucherte Forellen kamen noch zu Ehren, denn sie waren von Jessica Brixley zubereitet worden, der wahrscheinlich besten Köchin der ganzen Straße.

Die Weihnachtssänger vor dem Haus froren und hatten den leichten Schneefall satt. Als sie hörten, dass es etwas zu essen gab, stürmten sie gemeinsam mit Mrs Linda Galdys Glockenensemble in die Küche.

Wie aus dem Nichts tauchte plötzlich der Mann mit dem orange-grauen Bart auf, der Nora im Supermarkt vor dem Erdnussbutterregal über den Weg gelaufen war. Er schien so gut wie alle Anwesenden zu kennen – allerdings sah es umgekehrt so aus, als würde niemand wissen, wer er eigentlich war. Nora begrüßte ihn, beobachtete ihn eine Weile lang sorgfältig und bekam schließlich mit, wie er sich jemandem als Marty Soundso vorstellte. Marty liebte offenbar gesellige Zusammenkünfte und lief schnell zur Hochform auf. Er erwischte Enrique vor dem Tisch mit Kuchen und Eiscreme und begann sofort, sich ausgiebig mit ihm zu unterhalten, und zwar auf Spanisch.

»Wer ist das?«, erkundigte sich Luther im Vorbeihumpeln.

Das Fest

»Marty«, erwiderte Nora, als würde sie ihn seit ewigen Zeiten kennen.

Als alle satt waren, verlagerte sich die Party zurück ins Wohnzimmer, wo im Kamin ein gemütliches Feuer prasselte. Nachdem die Kinder zwei Weihnachtslieder gesungen hatten, trat Marty vor, der auf einmal eine Gitarre in der Hand hielt. Enrique stellte sich neben ihn und sagte, dass er und sein neuer Freund gern ein paar alte peruanische Weihnachtslieder vortragen würden.

Marty begann mit Begeisterung zu spielen und sang die zweite Stimme des Duetts. Obwohl die Zuhörer den Text nicht verstanden, war ihnen die Botschaft des Liedes klar. Weihnachten war eine Zeit des Friedens und der Freude auf der ganzen Welt.

»Und singen kann er auch noch«, flüsterte Nora Blair zu, die statt zu antworten nur über das ganze Gesicht strahlte.

Nach dem ersten Lied erzählte Marty, er habe früher einmal in Peru gearbeitet und müsse immer an die Zeit dort zurückdenken, wenn er diese Lieder singe. Währenddessen übernahm Enrique die Gitarre, schlug einige Akkorde an und begann leise mit dem nächsten Lied.

Luther lehnte am Kaminsims, verlagerte sein Gewicht abwechselnd vom rechten auf den linken Fuß und lächelte tapfer, obwohl er das dringende Bedürfnis verspürte, sich hinzulegen und nie wieder aufzustehen. Er ließ den Blick über die Gesichter seiner Nachbarn schweifen, die allesamt ganz verzückt der Musik lauschten. Alle waren sie da – natürlich mit Ausnahme der Trogdons.

Und mit Ausnahme von Walt und Bev Scheel.

Zwanzig

Während nach einem weiteren ausländischen Weihnachtslied tosender Applaus für Enrique und Marty aufbrandete, schlich Luther unbemerkt von der Küche in die dunkle Garage. Er hatte sich Winterkleidung übergezogen – Mantel, Wollmütze, Schal, Stiefel, Handschuhe –, schlurfte an der Krücke einher, die er niemals hatte benutzen wollen, und gab sich Mühe, trotz seiner geschwollenen, wunden Fußgelenke nicht bei jedem Schritt zusammenzuzucken.

In der rechten Hand hielt er die Krücke, in der linken einen großen Umschlag. Obwohl es die ganze Zeit nur leicht geschneit hatte, war der Boden inzwischen schneebedeckt.

Auf dem Bürgersteig drehte sich Luther um und betrachtete durch das Fenster die Menschenansammlung in seinem Wohn-

Das Fest

zimmer. Ein volles Haus. Ein Weihnachtsbaum, der aus einiger Entfernung gar nicht so schlecht aussah. Hoch oben ein geliehener Frosty.

Still lag die Hemlock Street da. Der Feuerwehrwagen, die Polizeifahrzeuge und der Krankenwagen waren zum Glück fort. Luther blickte die Straße hinauf und hinunter – keine Menschenseele war zu sehen.

Die meisten der Bewohner befanden sich nun in seinem Haus, sangen Weihnachtslieder und retteten ihn damit aus einem Schlamassel, an den sie und er selbst sich zweifellos noch lange erinnern würden.

Das Haus der Scheels war außen hell erleuchtet, im Inneren jedoch nahezu dunkel. Luther humpelte langsam ihre Auffahrt entlang. Als er die vordere Veranda erreicht hatte, klingelte er und warf noch einmal einen Blick auf sein Haus direkt gegenüber. Ralph Brixley und Judd Bellington bogen gerade um die Ecke und hängten hastig Lichterketten in seine Buchsbäume.

Luther schloss für eine Sekunde die Augen, schüttelte dann den Kopf und starrte auf seine Schuhe.

Walt Scheel öffnete die Tür und sagte freundlich: »Fröhliche Weihnachten, Luther.«

»Dir auch ein frohes Fest«, erwiderte Luther mit einem aufrichtigen Lächeln.

»Du versäumst ja deine eigene Party.«

»Ich kann auch nicht lange bleiben, Walt. Darf ich für einen Moment hereinkommen?«

»Natürlich.«

Luther humpelte in den Flur und stellte sich auf eine Fuß-

Zwanzig

matte, da er mit seinen Schneestiefeln keine Abdrücke auf dem Boden hinterlassen wollte.

»Darf ich dir den Mantel abnehmen?«, fragte Walt. Aus der Küche drang Backgeruch, was Luther als gutes Zeichen deutete.

»Nein, vielen Dank. Wie geht es Bev?«

»Sie hat heute einen guten Tag, danke der Nachfrage. Wir wollten eigentlich rüberkommen und Blair begrüßen, aber dann ging es ja los mit dem Schnee ... Und – wie ist der Verlobte denn so?«

»Er ist ein sehr netter junger Mann«, antwortete Luther.

Bev Scheel trat aus dem Esszimmer, sagte Hallo und wünschte Luther fröhliche Weihnachten. Sie trug einen festlichen roten Pullover und wirkte in Luthers Augen unverändert. Doch den Gerüchten zufolge hatte ihr Arzt ihr nur noch sechs Monate gegeben.

»Das war wirklich ein ziemlich böser Sturz«, warf Walt lächelnd ein.

»Es hätte schlimmer kommen können«, entgegnete Luther grinsend und versuchte, sich damit abzufinden, dass er zum Gespött der Leute geworden war. Wir werden jetzt trotzdem nicht näher auf dieses Thema eingehen, schwor er sich selbst.

Er räusperte sich und sagte: »Hört zu, Blair wird zehn Tage bleiben, also können wir die Kreuzfahrt nicht machen. Nora und ich hätten gern, dass ihr beide an unserer Stelle fahrt.« Er hob den Umschlag ein wenig an, als wolle er ihnen damit zuwinken.

Die Reaktion ließ auf sich warten. Blicke gingen hin und her, Gedanken wurden geordnet. Bev und Walt waren fassungslos und brachten keinen Ton heraus. Also sprach Luther weiter. »Die

203

Das Fest

Maschine geht morgen Mittag. Ihr müsstet ziemlich früh zum Flughafen fahren, um die Tickets auf eure Namen umschreiben zu lassen, aber glaubt mir, die Mühe lohnt sich. Das Reisebüro habe ich schon informiert. Zehn Tage in der Karibik – Strände, Inseln, das ganze Drum und Dran. Ein absoluter Traumurlaub.«

Walt schüttelte den Kopf, allerdings kaum merklich. Bevs Augen waren feucht. Beide schwiegen, bis Walt schließlich nicht sehr überzeugend hervorstieß: »Das können wir nicht annehmen, Luther. Es wäre nicht richtig.«

»Red doch keinen Unsinn. Wenn ihr nicht fahrt, verfallen die Plätze, ich habe nämlich keine Reiserücktrittsversicherung abgeschlossen.«

Bev warf Walt einen Blick zu. Er starrte zurück. Luther konnte an ihren Augen ablesen, was sie dachten. Es war verrückt, aber warum nicht?

»Ich weiß nicht, ob mein Arzt das erlauben wird«, sagte Bev lahm.

»Ich habe einen Wartungstermin für den vorderen Heizkessel vereinbart«, murmelte Walt und kratzte sich am Kopf.

»Und wir haben den Shorts versprochen, mit ihnen Silvester zu feiern«, fügte Bev nachdenklich hinzu.

»Benny hat gesagt, dass er vielleicht vorbeikommt.« Benny war ihr ältester Sohn und hatte sich seit Jahren nicht mehr zu Hause blicken lassen.

»Und was ist mit dem Kater?«, fragte Bev.

Luther ließ sie hin und her überlegen, bis ihnen die dürftigen Argumente ausgingen. Dann sagte er: »Wir möchten euch einfach ein Geschenk machen, aufrichtig und aus ganzem Herzen,

Zwanzig

ohne Bedingungen, ohne Hintergedanken. Betrachtet es als Weihnachtsgeschenk von uns beiden an zwei Menschen — die nebenbei bemerkt gerade ziemliche Schwierigkeiten haben, eine gute Ausrede zu finden. Greift zu und sagt einfach ja, okay?«

Wie vorauszusehen wandte Bev ein: »Ich habe bestimmt nicht die passende Garderobe«, worauf Walt erwiderte: »Sei doch nicht albern.«

Angesichts ihres schwindenden Widerstands holte Luther zum entscheidenden Schlag aus. Er drückte Walt den Umschlag in die Hand. »Es ist alles hier drin — Flugtickets, Kreuzfahrtscheine, Prospekte, sämtliche Unterlagen. Und die Telefonnummer des Reisebüros.«

»Was hast du dafür bezahlt, Luther? Falls wir fahren, werden wir dir die Kosten selbstverständlich erstatten.«

»Es ist ein Geschenk, Walt. Keine Kosten, keine Rückzahlung. Mach die Dinge nicht komplizierter, als sie sind.«

Walt begriff, aber sein Stolz stand ihm im Weg. »Darüber werden wir uns noch einmal unterhalten, sobald wir wieder hier sind.«

Na bitte, im Grunde war die Entscheidung also schon gefallen.

»In Ordnung, dann können wir alles bereden.«

»Was ist mit dem Kater?«, fragte Bev erneut.

Walt kniff sich nachdenklich ins Kinn und räumte ein: »Ja, das ist wirklich ein Problem. So kurzfristig bekommen wir keinen Platz in der Tierpension.«

Merkwürdigerweise schlich genau in diesem Moment eine große schwarze Katze mit buschigem Fell in den Flur, rieb sich

Das Fest

an Walts rechtem Bein und warf dann einen langen Blick zu Luther hinauf.

»Wir können ihn nicht einfach hier lassen«, sagte Bev.

»Nein, das geht nicht«, bestätigte Walt.

Luther hasste Katzen.

»Wir könnten Jude Becker fragen«, sagte Bev.

»Kein Problem. Ich kümmere mich schon um ihn«, verkündete Luther und musste kräftig schlucken. Er wusste ganz genau, dass diese Aufgabe an Nora hängen bleiben würde.

»Bist du sicher?«, fragte Walt ein wenig zu schnell.

»Absolut, macht euch keine Sorgen.«

Der Kater warf einen weiteren Blick auf Luther und schlich davon. Offensichtlich beruhte die Abneigung auf Gegenseitigkeit.

Die Verabschiedung dauerte sehr viel länger als die Begrüßung. Luther umarmte Bev und fürchtete dabei, sie könnte jeden Moment zerbrechen. Unter dem weiten Pullover steckte eine magere, kranke Frau. Tränen liefen ihr über die Wangen. »Ich melde mich vorher noch bei Nora«, flüsterte sie. »Danke.«

Auch der ansonsten so harte Walt hatte feuchte Augen. Auf der Vordertreppe schüttelte er Luther ein letztes Mal die Hand und sagte: »Das bedeutet sehr viel für uns, Luther. Ich danke dir.«

Nachdem die Scheels sich wieder in ihrem Haus eingeschlossen hatten, machte Luther sich auf den Heimweg. Nun, da er von der Bürde des Umschlags befreit war, befreit von den teuren Tickets und den dicken Prospekten, befreit von all dem Eigennutz und der Genusssucht, wurden seine Schritte leichter und schnel-

Zwanzig

ler. Er humpelte kaum noch, sondern ging gerade und stolz, erfüllt von der befriedigenden Gewissheit, gerade das perfekte Geschenk gemacht zu haben.

An der Straße blieb er stehen und warf einen Blick über seine Schulter. Vor wenigen Minuten war das Haus der Scheels im Inneren noch dunkel wie eine Höhle gewesen, doch jetzt wurde sowohl im Erdgeschoss als auch im ersten Stock überall Licht angeknipst. Sie werden wahrscheinlich die ganze Nacht lang packen, dachte Luther.

Von der anderen Straßenseite drangen Musik und Gelächter herüber und hallten durch die ganze Hemlock Street. Es sah nicht so aus, als wäre die Party bald zu Ende.

Während Luther dort auf dem Bürgersteig stand und sein frisch geschmücktes Haus betrachtete, in dem sich fast die gesamte Nachbarschaft drängte, fiel ihm auf, wie viel Glück er im Grunde hatte. Blair war nach Hause gekommen und hatte einen sehr netten, gut aussehenden, höflichen jungen Mann mitgebracht, der ganz offensichtlich verrückt nach ihr war. Und der momentan ganz wesentlich zum Gelingen der Party beitrug, gemeinsam mit Marty Soundso.

Luther selbst konnte froh sein, dass er aufrecht hier stand und nicht starr und steif auf einem Tisch in Franklin's Beerdigungsinstitut lag oder mit Schläuchen in sämtlichen Körperöffnungen an ein Bett auf der Intensivstation des Mercy Hospital gefesselt war. Bei der Erinnerung an seinen lawinenartigen Sturz vom Dach wurde ihm immer noch heiß und kalt vor Entsetzen. Er hatte wirklich sehr viel Glück gehabt.

Er war gesegnet mit Freunden und Nachbarn, die bereit wa-

Das Fest

ren, ihre eigenen Pläne für Heiligabend zu opfern, um ihm zu helfen.

Luther sah zu seinem Schornstein hinauf, wo der Frosty der Brixleys wachte. Ein rundes, lächelndes Gesicht, schwarzer Zylinder, Pfeife im Mund. Luther kam es so vor, als würde der Schneemann ihm durch das leichte Schneetreiben hindurch zuzwinkern.

Wie in letzter Zeit so oft war Luther halb verhungert, und plötzlich gelüstete es ihn nach geräucherter Forelle. Er ging langsam durch den Schnee. »Und außerdem werde ich einen ganzen Christstollen essen«, schwor er sich.

Weihnachten ausfallen lassen. Was für eine lächerliche Vorstellung!

Vielleicht im nächsten Jahr.